박씨전,
낭군 같은 남자들은 조금도 부럽지 않습니다

4

박씨전,

낭군 같은 남자들은 조금도 부럽지 않습니다

전국국어교사모임 기획 · 장재화 글 · 임양 그림

Humanist

'국어시간에 고전읽기' 시리즈를 펴내며

고전을 읽어야 한다는 가르침은 어릴 때부터 귀가 따가울 만큼 들었다. 그러나 몸소 이를 따르는 사람은 흔치 않다. 종종 고전을 가까이하는 사람들이 있는데 이들은 대체로 삶을 헛되이 보내지 않고 훌륭한 일을 이루어 세상에 뚜렷한 이름을 남겼다. 고전 안에 그만큼 값진 속살이 들어 있기 때문이다.

고전이 이처럼 깊은 가치를 지녔는데 어째서 고전을 읽는 사람은 흔치 않을까? 아마도 고전이 사람을 쉽게 끌어당겨 주지 않기 때문일 것이다. 고전은 우리에게 섣불리 손짓을 하지도, 눈웃음을 치지도 않는다. 고전은 끈기를 가지고 파고들어 오는 사람에게만 마지못한 듯이 웃음을 지으며 속내를 털어놓는다. 고전은 요즘보다 훨씬 무뚝뚝하던 옛날에 이루어진 삶이며 글이기 때문이다.

그래서 우리는 청소년들이 고전을 즐겨 읽을 수 있도록 마음을 다했다. 뻣뻣하고 까칠한 고전을 달래서, 부드럽고 친절하게 청소년을 끌어당기도록 손을 쓰고 공을 들였다. 멋없이 무뚝뚝하던 고전을 정성껏 매만져서 두 팔을 활짝 벌리고 청소년들을 끌어안을 수 있도록 탈바꿈했다.

고전은 이제 온전히 겉모습을 바꾸어 청소년들을 맞이할 것이다. 자칫 속살까지 탈바꿈한 것처럼 보일지 몰라도 책을 읽다 보면 예스러운 고전의 맛과 멋을 한껏 느낄 수 있을 것이다. 우리는 무엇보다도 고전이 고전다운 속내와 뼈대를 온전하게 지니도록 하는 데 힘을 쏟았다.

고전은 시공간을 뛰어넘고, 나라와 겨레를 뛰어넘어 세상 모든 사람에게 큰 울림을 준다. 《시경》, 《탈무드》, 《오디세이아》, 셰익스피어와 괴테의 작품이 세상 모든 이에게 가르침을 주듯이, 우리의 고전도 모든 이에게 값진 가르침을 줄 것이다. 가르침이 서로 다르기는 하지만 높낮이가 있는 것은 아니다. 그러므로 세상 고전을 두루 읽어야 하는 것이나, 우리는 우리네 고전부터 읽는 것이 마땅한 차례다.

이런 뜻으로 전국국어교사모임에서 '국어시간에 고전읽기' 시리즈를 펴낸 지 십 년이 되었다. 누구나 두루 즐기며 읽을 수 있도록 쉽게 풀어 쓰고 맛깔나고 재미있는 작품으로 재창조하려고 무던히도 애썼다. 다행히도 많은 독자로부터 분에 넘치는 사랑을 받았고, 우리 고전을 가까이하고 즐기는 청소년들이 많이 늘어 고마울 따름이다.

지난 십 년처럼 묵묵하게 이 시리즈를 이어 갈 생각으로 첫 마음을 되새기며 글과 그림을 더하고 고쳐 좀 더 새로운 얼굴의 우리 고전을 세상에 다시 내놓으려 한다. 이 책을 통해 우리 청소년들이 풍성하고 가치 있는 고전의 바다에 풍덩 빠질 수 있기를 기대해 본다.

2012년 11월

전국국어교사모임

《박씨전》을 읽기 전에

오늘도 우리는 꿈을 꾸며 살아갑니다. 내가 좋아하는 그 아이와 친해질 수 있었으면, 학교 성적이 좀 더 올랐으면 하는 작은 바람에서부터, 모두가 행복하게 살 수 있는 아름다운 세상에 대한 꿈에 이르기까지 다양한 빛깔의 꿈이 우리 속에는 늘 담겨 있습니다. 그런데 우리가 바라는 꿈에는 대부분 현실적인 장벽이 뒤따르기 마련입니다. 현실은, 그리고 세상은 좀처럼 우리가 마음먹은 대로 움직여 주지 않는 법이거든요. 그래서 많은 경우 꿈은 늘 그렇게 '꿈'으로만 끝나 버리기도 하는 것 같습니다.

사람들은 꿈을 이루기 위해 노력하지만, 현실적인 노력만으로 그 꿈을 일구어 가기 힘들 때 자신을 위로해 줄 무언가를 찾게 됩니다. 비록 실질적인 대안이 아니더라도, 그 속에서나마 작은 위안을 찾으려는 것이지요. 팍팍하고 힘겨운 일상을 잠시라도 잊게 해 주는 것을 찾으려는 사람들의 몸짓은, 때로 그 자체만으로도 삶의 청량제가 되곤 합니다.

삼 백여 년 전쯤 이 땅에 살았던 우리 선조들도 꿈과 희망을 지니고 있었을 테지요. 그러나 그들 역시 꿈을 가로막는 현실적인 제약들에 맞닥뜨리곤 했을 터입니다. 강대국의 틈바구니에서 불안하기만 했던 국제 정세, 백성의 사정을 헤아릴 줄 모르는 위정자들, 철저한 남존여비 사상으로 인해 여성을 억압하던 사회……. 조선 시대를 살아가던 우리의 조상들은 이렇듯 어려운 현실 속에서 힘겨운 나날을 보내야 했습니다. 열심히 살기 위해 발버둥 치지만 주변의 현실 때문에 고통을 겪을 수밖에 없을 때, 그들 역시 지금의 우리와 마찬가지로 꿈을 꾸며 위안을 찾았을 것입니다.

우리가 함께 읽을《박씨전》속에는 바로 이러한 당대 사람들의 꿈과 희망이 담겨 있습니다. 이를 읽으며 조선 시대를 살았던 우리 선조들의 삶 속으로 여행을 떠나 봅시다. 당시의 현실 속에서 사람들은 어떤 꿈을 꾸었으며, 그러한 꿈을 가로막는 장벽은 무엇이었는지를 살펴봅시다. 더 나아가 그 꿈들이 오늘을 사는 우리에게 어떤 의미를 지니고 있는지에 대해서도 진지하게 생각해 보았으면 합니다.

2013년 4월

장재화

차례

이때 박씨 부인이 옥으로 된 발을 걷고 나와

옥화선을 쥐고 불을 향해 부쳤다

그러자 갑자기 큰 바람이 불면서

불기운이 오히려 오랑캐 진영을 덮쳤다

바둑과 퉁소로 맺은 인연

조선 인조 대왕 시절, 한양성 북촌 안국방에 이득춘이라고 하는 재상이 있었다. 그는 어려서부터 열심히 공부하여 스무 살이 되기도 전에 그 재주가 나라에서 으뜸이었다. 젊은 시절부터 벼슬길에 나아가 나라를 충성으로 섬기고 백성을 어질고 의롭게 다스렸다. 이리하여 나라 안에는 그의 이름을 모르는 사람이 없을 정도였다.

상공에게는 시백이라는 아들이 하나 있었다. 시백은 어려서부터 하나를 들으면 열을 알 만큼 영리하고 총명했다. 열다섯이 되니 그 모습이 마치 두목과 같이 늠름했으며, 문장은 이백과 두보를 앞질렀다. 필법은 왕희지를 본받았고 지혜는 제갈공명을 본떴으며, 초패왕의 용기까지 갖추고 있었다. 상공은 이런 아들을 금이야 옥이야 사랑했다. 또한 시백을 보는 사람마다 칭찬을 아끼지 않았으니, 그렇게 해서 그 이름이 대궐에까지 널리 알려지게 되었다.

상공은 바둑 두기와 퉁소 불기를 좋아해, 고요한 때를 틈타 혼자서 달빛을 마주하고 옥피리를 불곤 했다. 상공이 피리를 불 때면 그 소리의 조화가 끝이 없어, 꽃밭에 핀 꽃이 옥피리 소리에 응하여 송이송이 떨어지곤 했다. 나라에 이런 재주를 가진 사람이 더 없었기에 상공은 늘 상대할 사람이 없음을 한탄했다.

어느 날이었다. 찢어진 옷에 허름한 갓을 쓴 사람이 찾아와 하룻밤 머물고 가기를 청했다. 상공이 자세히 보니 꼴은 비록 허술했지만, 왠지 보통 사람이 아니라는 생각이 들었다.

'저 사람의 근본이 천하다면 어찌 당돌하게 뜰 위로 올라오겠는가? 분명 평범한 사람이 아니로다.'

상공이 이렇게 생각하며 객을 맞았다.

"귀한 분께서 이처럼 누추한 곳을 어찌 찾으셨습니까?"

"저는 본래 집 없이 떠돌아다니는 사람입니다. 이름난 산천을 찾아다니며 고라니와 사슴을 벗 삼아 세월을 보냈지요. 지금은 나이가 많아 강산을 두루 다니지 못하고, 그저 금강산에 머물면서 죽기만 바라며 살고 있습니다. 성은 박이고 세상 사람들이 처사라 부릅니다."

예의를 갖춰 대답하는 그 사람의 목소리는 마치 인간의 것이 아닌 듯 맑고 곧았다.

"내 성은 이요, 이름은 득춘이라 합니다."

상공이 웃으며 자신을 소개하니, 그 사람 역시 웃음을 머금고 말했다.

"나는 산속에 살면서 바둑 두기와 퉁소 불기를 즐기고 있습니다. 바람결에 들으니 상공께서도 나와 같이 풍류를 즐기신다 하더군요. 상공의 솜씨를 한번 보고 싶어 이렇게 찾아왔습니다."

상공은 대적할 사람을 찾지 못해 늘 아쉬워하던 터라, 그 말을 듣고 마치 신선을 만난 듯 가슴에 기쁨이 넘쳐흘렀다.

"신선과 인간의 길이 서로 다른데 이렇게 찾아 주시니, 반가운 마음을 이루 말할 수 없습니다. 하지만 인간의 솜씨로 어찌 신선과 바둑을 대적할 수 있을 것이며, 신선의 퉁소 소리에 화답할 수 있겠습니까?"

"겸손이 지나치십니다. 부디 거절하지 마시고 공의 재주를 보여 주시지요."

상공이 속으로 생각했다.

'지금까지 내 바둑 솜씨와 퉁소 소리를 당할 사람이 없었는데, 이 사

* **북촌**(北村) 조선 시대에, 서울 안에서 북쪽으로 치우쳐 있는 마을들을 이르던 말. 주로 높은 벼슬아치들이 살던 고급 주거 지역이었다. 종로를 중심으로 남산 아래쪽은 남촌이라 했는데, 남촌에는 가난한 이들이 모여 살았다.
* **안국방**(安國坊) 방(坊)은 조선 시대 행정 조직의 단위이다. 안국방은 조선 태조 때 설치한 한성부 쉰두 방의 하나로, 지금의 서울 안국동 일대가 여기에 해당한다.
* **상공**(相公) 재상(宰相)을 높여 부르던 말.
* **두목**(杜牧) 당나라 말기의 시인. 두목이 술에 취해 수레를 타고 양주를 지날 때, 늠름한 풍채를 흠모한 기생들이 귤을 던져 수레에 가득했다는 고사가 전한다.
* **이백**(李白)**과 두보**(杜甫) 중국 최고의 시인. 각각 시선(詩仙)과 시성(詩聖)으로 불렸다.
* **왕희지**(王羲之) 중국 동진(東晉)의 서예가. 고금을 통틀어 최고의 명필로 꼽힌다.
* **제갈공명**(諸葛孔明) 중국 삼국 시대 촉한(蜀漢)의 정치가로 뛰어난 전략가였다. 유비를 도와 많은 전공을 세웠으며, 후에 촉나라의 재상이 되었다.
* **초패왕**(楚霸王) 중국 진(秦)나라 말기에 유방(劉邦)과 천하를 놓고 다툰 장군인 항우를 높여서 패왕이라 불렀다.

람을 보니 거동이 예사롭지 않구나. 그 재주를 한번 시험해 봐야겠다.'

상공과 처사가 서너 차례 바둑을 두었는데, 상공은 등에 땀이 날 정도로 긴장했지만 처사는 별 신경을 쓰지 않고 예사롭게 두는 듯했다. 그럼에도 그 재주가 워낙 뛰어나 도저히 상공이 미칠 수 없는 정도였다. 실로 인간의 재주가 아니었다.

상공이 탄복하며 술과 안주를 갖춰 크게 대접했다. 서너 잔의 술을 주고받은 뒤 상공은 퉁소를 잡았다.

"제가 그동안 퉁소를 불면서 늘 적수가 없다고 한탄했는데, 오늘 이

렇게 처사와 마주 앉으니 반갑기 그지없습니다. 비록 처사의 퉁소 소리를 따를 수는 없겠지만, 한 수 가르침이라도 받을까 하여 먼저 불어 보겠습니다."

상공이 먼저 한 곡조를 불었다. 맑은 피리 소리가 구름 속에 울려 퍼지며 창 앞에 핀 모란꽃이 송이송이 떨어져 화단에 가득했다.

"참으로 대단한 솜씨로군요. 세상에 떠도는 소문이 과연 헛것이 아니었습니다. 나그네가 찾아와 이렇게 아름다운 소리를 듣고만 있는 것도 도리는 아닐 터, 퉁소를 잠시 빌려 주시면 보잘것없는 곡조나마 불

어 볼까 합니다."

처사가 통소를 받아 한 곡조 부는데, 그 소리가 맑고 깨끗하여 푸른 하늘을 나는 청학 백학이 소리와 더불어 춤을 추는 듯하고 어린 신선이 그 앞에서 넘노는 듯했다. 이윽고 퉁소 소리가 그치자 상공이 떨어뜨린 모란꽃이 삽시간에 다시 피어 예전의 아름다움을 뽐냈다.

"나같이 어리석고 둔한 재주로도 세상 사람들의 칭찬을 아낌없이 받았습니다. 하지만 나의 퉁소 소리는 다만 꽃송이를 떨굴 뿐인데, 처사의 소리는 학을 춤추게 하고 떨어진 꽃을 다시 피워 내고 있습니다. 옛날 장자방의 재주로도 감히 따를 수 없을 듯하군요."

상공은 거듭 감탄하며 더욱 공경하는 마음으로 처사를 대했다.

이렇듯 바둑을 두고 퉁소를 불면서 여러 날을 함께 지내는 동안 두 사람은 더욱 가까워졌다.

하루는 처사가 상공에게 은근하게 물었다.

"들으니 상공께 귀한 아들이 있다 하던데, 한번 만나 볼 수 있겠습니까?"

상공은 즉시 시백을 불렀다. 시백이 들어와 절을 하는데, 처사가 그 모습을 자세히 보니 일대호걸로 영웅이 될 기상을 품고 있었다.

'이 아이는 장차 어지러운 시절에는 나라를 구할 장수가 되고, 태평한 시절에는 어진 정치를 베풀 재상이 되겠구나.'

시백이 다시 절을 하고 물러나자 처사가 기쁨을 감추지 못하고 상공에게 말했다.

"사실 제가 상공을 찾아온 까닭은 부탁드릴 일이 있어서입니다."

"무슨 말씀이신지요?"

"제게 딸이 하나 있는데 열여섯이 되도록 좋은 인연을 구하지 못하고 있습니다. 다행히 지금 상공의 아들을 보니 마음에 꼭 드는군요. 딸아이가 비록 잘생기지 못하고 수수한 인물이지만, 상공의 집안에서 받아들일 만은 합니다. 정혼을 하는 것이 어떨는지요?"

처사의 갑작스런 청혼에 놀란 상공은 마음을 가다듬고 곰곰 생각했다.

'이 사람의 거동이 예사롭지 않고 또 신비한 재주를 많이 가졌으니, 자식이 이 사람의 사위가 된다면 앞으로 좋은 일이 많이 있겠구나.'

상공은 속으로 이렇게 생각하면서도 겉으로는 짐짓 사양을 했다.

"그대는 신선이요, 나는 속세에 파묻혀 사는 하찮은 사람입니다. 한낱 인간이 어찌 신선과 혼사를 논할 수 있겠습니까?"

"당치 않은 말씀입니다. 상공께서는 이 나라 일품 벼슬에 계신 분이고 나는 그저 미천한 인물에 지나지 않습니다. 보잘것없는 집안과 혼인을 하는 것이 마땅치 않으시겠지만, 제 바람을 저버리지 않으신다면 여한이 없을 듯합니다."

처사의 말을 들은 상공은 기꺼이 혼인을 허락했다. 처사가 기뻐하며 즉시 길일을 택하니 바로 춘삼월 보름께였다. 혼인을 정한 후 술과 안주를 내어 서로 권하며 인연을 맺게 된 것을 기뻐했다. 그날 이후 두

- **장자방**(張子房) 중국 한나라 고조 때의 충신인 장량. 선견지명도 있고 책략도 뛰어나 한나라 창업에 큰 공을 세웠다.
- **일대호걸**(一代豪傑) 지혜롭고 기개와 풍모가 뛰어나 당대에 이름을 날리는 사람.

사람은 바둑을 두기도 하고 퉁소를 불기도 하면서 서로의 정을 두텁게 쌓아 갔다.

그러던 어느 날, 처사가 상공에게 작별 인사를 고했다. 상공이 몹시 애석해 하며 붙잡고자 했지만, 끝내 처사를 잡을 수는 없었다. 처사는 그 길로 다시 금강산으로 돌아갔다.

시백, 박 처사의 딸과 혼인하다

상공은 처사를 보낸 뒤 일가친척을 모아 놓고 처사의 딸과 혼례를 치르기로 했다는 말을 전했다. 갑작스런 이야기에 부인과 친척들이 모두 의아해 했다.

"혼인은 인륜대사입니다. 장안에도 지체 높은 집이 많고 어진 처자가 많은데, 구태여 문벌도 모르는 산중 사람에게 혼인을 허락하시다니요? 이렇게 경솔한 일이 어디 있겠습니까?"

부인의 이 같은 말에 어떤 사람은,

"혼인을 물리십시오."

하고 또 어떤 사람은,

"대감의 뜻대로 하소서."

하며 의견이 분분했다. 상공이 부인과 친척들을 부드럽게 타일렀다.

"내가 선뜻 혼인을 허락한 것은 처사의 딸이 재주와 덕을 함께 갖추었다 하기 때문이오. 그렇게들 알고 준비나 잘하도록 하시오."

이윽고 혼인날이 다가왔다. 상공은 시백과 하인들을 데리고 혼례 행렬을 찬란하게 갖추어 금강산으로 길을 떠났다. 혼례복을 차려입고 훌륭한 말을 타고 가는 신랑의 모습은 마치 신선 같았다. 상공 일행의 모습을 본 일가친척과 하인들이 모두들 즐겁게 웃었다.

길을 떠난 지 여러 날 만에 일행은 금강산에 도착했다. 때마침 봄날이어서 사방 경치가 빼어나고, 온갖 종류의 꽃들이 활짝 피어 있었다. 곱디고운 나비는 쌍쌍이 날아들어 꽃송이를 보며 춤을 추고, 늘어진 버드나무 위에서는 황금 같은 꾀꼬리가 소리 높이 울어 사람의 흥을 한껏 불러일으켰다. 경치를 구경하며 천천히 산속으로 들어가는데, 갈수록 사람의 흔적이 뜸해지고 길은 끊어져 더 들어갈 수가 없었다. 길을 찾아 이리저리 헤맸지만, 결국 찾지 못하고 산을 내려와 주막을 찾아들었다.

다음 날, 상공 일행은 다시 산골짜기로 들어갔다. 그러나 이번에도 역시 사람의 흔적은 없고 층암절벽만 죽 늘어서 있는 것이 마치 병풍

을 두른 듯했다. 계곡을 흐르는 물은 잔잔하여 남청빛으로 어울려 있고 비죽새는 슬피 울어 허황된 일을 비웃는 것만 같았다. 두견새의 울음소리마저 처량하여 근심스런 마음을 북돋우고 있었다. 상공이 허망한 마음을 이기지 못하고 후회했지만 어쩔 도리가 없었다.

어느덧 해는 서산을 넘어가고 달이 떠올라 밤이 되었다. 할 수 없이 도로 주막으로 나와 자고, 날이 밝자마자 다시 산으로 찾아 들어갔다. 하지만 이날 역시 깊고 깊은 산속에서 갈 곳을 몰라 나아가지도 물러서지도 못하고 있었다.

'저 옛날의 유비는 남양 땅의 제갈공명을 찾아 삼고초려 했다는데, 그 이야기조차 내게는 허황할 뿐이구나.'

그때 산골짜기에서 나무꾼 세 명이 노래를 부르며 내려오고 있었다. 상공은 반가운 마음에 급히 나무꾼들을 불렀다.

"여봐라, 가는 길 잠시 멈추고 내 말 좀 들어 보아라. 내가 박 처사라는 사람을 찾아 이곳에 왔다가 길을 잃어 헤매고 있으니, 길을 좀 알려 줄 수 없겠느냐?"

"말씀하신 대로 이 길은 박 처사가 살던 곳으로 통하는 길입니다. 우리는 지금 그곳에서 내려오는 길이지요."

- **인륜대사**(人倫大事) 사람이 살아가면서 치르게 되는 큰 행사. 혼인이나 장례 따위를 이른다.
- **장안**(長安) 장안은 중국 전한, 수, 당의 수도였다. 당시 장안은 매우 번창한 곳이어서 우리나라에서는 이곳을 최상의 도시로 생각했고, 아직까지도 이 이름을 '서울'을 뜻하는 보통 명사로 쓰고 있다.
- **비죽새** 박새를 지방에서 부르는 말. 곤충을 잡아먹는 보호새로 주로 숲에서 서식한다.
- **삼고초려**(三顧草廬) 유비가 제갈공명의 초가집을 세 번이나 찾아가 설득하여 참모로 맞아들인 일.

상공이 다급한 마음으로 물었다.

"지금 박 처사가 댁에 계시더냐?"

"글쎄요, 수백 년 전에 박 처사라는 사람이 이곳에서 나무로 집을 짓고 열매를 따 먹으며 살았다는 이야기를 들은 적은 있습니다. 하지만 지금 박 처사가 산다는 말은 금시초문입니다."

뜻밖의 이야기에 상공은 잠시 어리둥절했지만 다시 다그쳐 물었다.

"그렇다면 처사가 그곳에 산 지는 몇 해나 되었느냐?"

"산 지는 삼천삼백 년이라 합니다."

"세상에 믿지 못할 일도 참 많구나."

내려가는 나무꾼들을 바라보며 거듭 탄식을 했지만 어쩔 도리가 없었다. 상공은 하인들을 데리고 다시 주막으로 내려왔다. 시백은 계속되는 낭패에 부친을 원망했다.

"옛날 한 무제도 신선의 술법을 구하다가 끝내 구하지 못한 채 쓸쓸한 가을바람만 안고 그냥 돌아왔다 합니다. 아버님께서 당초 허황한 사람의 말을 듣고 이렇게 되었으니, 이제 와서 후회한들 무슨 소용이 있겠습니까? 그냥 돌아가는 것이 좋겠습니다."

"그냥 돌아가더라도 남의 웃음거리가 되지 않겠느냐? 하지만 돌아가지 않는다 해도 너무나 허망하구나. 이제 내일이면 혼례일이니 내일까지만 더 찾아보도록 하자."

다음 날 하인들을 데리고 다시 길을 재촉하여 반나절이나 산속을 헤맸지만, 기운만 빠질 뿐 박 처사 사는 곳은 찾을 수가 없었다.

한낮이 지날 무렵이었다. 멀리 산 위에서 한 사람이 내려오는데, 머리에는 칡넝쿨로 짠 두건을 쓰고 몸에는 삼베옷을 걸치고 있었다. 한 손에는 대지팡이를 짚고 다른 손에는 부채를 들었는데, 부채로 얼굴을 가리고 있어 그 모습을 자세히 알 수 없었다. 한동안 사람 구경을 하지 못하던 일행은 반가운 마음을 금할 수 없었다. 그 사람이 가까이 다가와 부채를 내리고 말을 건네는데, 자세히 보니 그가 바로 박처사였다.

"저같이 보잘것없는 사람과 인연을 맺어 여러 날 깊은 산속에서 헤매느라 속이 많이 상하셨을 줄 압니다. 그저 죄송할 따름입니다."

처사가 상공을 보고 먼저 인사를 했다. 상공 역시 그간의 사정을 이야기하며 웃었다.

처사가 상공을 데리고 산속으로 깊이 들어갔다. 온갖 기이한 꽃과 풀이 활짝 피어 그 향기가 옷깃을 적셨다. 꽃 본 나비는 쌍쌍이 날아들어 반갑게 춤을 추고, 낙락장송은 봄바람에 가지를 가볍게 흔들고 있었다. 버드나무는 잎이 피어 푸른빛을 자랑했으며, 황금 같은 꾀꼬리는 버드나무 가는 가지를 오가며 간드러지게 울고 있었다.

'속세를 떠나 신선의 세계에 든 것 같구나. 참으로 인간 세상이 아니로다.'

봄 경치에 흠뻑 빠진 상공은 수시로 걸음을 멈추고 생각에 잠겼다.

상공 일행이 처사를 따라 점점 깊이 들어가니, 난봉과 공작이 일행

* **난봉(鸞鳳)** 난조(鸞鳥)와 봉황(鳳凰). 둘 다 중국 전설에 나오는 상상의 새이다.

을 반기듯 날아올랐다. 그 아래 작은 초가집이 자리 잡고 있는데, 문 앞에는 버드나무가 심겨 있고 버드나무 아래 연못에는 연꽃이 활짝 피어 있었다.

문 앞에 이르러 처사가 상공을 돌아보았다.

"저는 본래 가난하여 객실도 없고 달리 머물 만한 집도 없습니다. 잠깐 돌 위에서나마 편히 쉬십시오."

깔끔하게 쌓은 돌탑 아래로 처사가 상공 일행을 안내했다. 함께 자리를 잡고 앉아서 여러 날 서로 만나지 못해 고생한 일을 이야기하며 웃고 즐겼다. 잠시 후 처사가 자리에서 일어섰다.

"깊은 산중이다 보니 예법을 다 갖출 수 없어 몹시 송구합니다. 되는 대로 혼례를 치렀으면 합니다."

처사의 말에 상공은 시백을 데리고 교배석으로 들어가고, 처사 역시 딸의 얼굴을 나삼으로 가린 채 교배석으로 들어왔다. 두 사람이 서로 맞절을 하고 나자 처사는 딸을 데리고 다시 내당으로 들어갔다.

상공이 시백과 함께 돌탑 아래에 앉아 쉬고 있을 때, 처사가 술상을 들고 나와 송화주를 권했다.

"산속에서 난 것들이라 특별한 맛이 없을 듯 합니다. 너무 나무라지 마십시오."

- **교배석(交拜席)** 혼례 때 신랑과 신부가 서로 절하는 자리.
- **나삼(羅衫)** 비단으로 만든 신부의 혼례복.
- **내당(內堂)** 집의 안방을 이르는 말.
- **송화주(松花酒)** 소나무의 꽃을 줄거리째 넣어서 빚은 술.

서로 술잔을 권하며 두어 잔을 마신 뒤 하인들도 마시게 했다. 처사가 다시 상공에게 술을 권했지만 상공은 술에 크게 취해 더 마시지 못하고 앉은자리에서 잠시 졸았다. 겨우 한 끼 밥 먹을 시간이 지난 듯한데 깨어 보니 벌써 날이 밝아 있었다.

아침이 되어 처사가 밥상을 차려 들고 나왔다. 상 위에는 정갈한 채소 두어 가지가 놓여 있었다. 처사가 돌 위에 밥상을 내려놓으며 빙그레 웃었다.

"송화주 한잔에 그리 취하십니까?"

"어제 먹은 술은 인간의 술이 아

니라 신선의 술인가 합니다."

"한잔 술에 그렇게 취하시는 걸 보니, 이곳을 찾느라 몹시 피곤하셨던 모양입니다."

"제가 피곤한 탓도 있겠지만, 속세에 사는 사람에게는 송화주 한두 잔도 감당하기 어려운 것 같습니다."

상공이 머리를 흔드니 처사가 다시 웃었다.

"오늘은 갈 길이 멀어 다시 송화주를 권하기는 어렵겠습니다. 찬은 없지만 아침밥이나마 맛있게 드십시오."

아침밥을 먹은 뒤 상공이 처사에게 작별 인사를 하니 처사 역시 마주 인사하며 말했다.

"이곳은 깊은 산속이라 다시 오기 어려울 것입니다. 이번 길에 딸을 데리고 가십시오."

상공 역시 금강산을 다시 찾기가 쉽지 않으리라 생각했다. 처사가 신부의 얼굴을 나삼으로 가려 남이 보지 못하게 한 뒤 데리고 나왔다.

"이제 딸아이를 데리고 떠나십시오. 이후 다시 만나 뵙겠습니다."

상공은 작별 인사를 건넨 뒤 며느리를 데리고 길을 떠났다.

조선 시대의 혼례

신랑은 언제 보나

상공의 아들 시백과 박 처사의 딸이 드디어 혼례를 치렀습니다. 명색이 혼례인데 별 절차도 없이 싱겁게 끝나 버렸군요. 조선 시대의 혼례는 지금처럼 화려하지는 않았지만, 인륜지대사인 만큼 그 절차는 매우 복잡했답니다. 전통 혼례의 기본 절차는 '납채, 문명, 납길, 납폐, 청기, 친영'의 육례(六禮)로 이루어져 있지만, 왕실 외에는 대체로 '의혼, 납채, 납폐, 친영'을 중심으로 이루어졌습니다. 조선 시대에는 어떤 모습으로, 어떤 절차를 거쳐 혼인이 이루어졌는지 함께 살펴봅시다.

의혼(議婚)

혼례가 성사되려면 먼저 양쪽 집안에 혼담이 오가야 합니다. 혼례를 하기 전 중매인이 양가를 왕래하면서 상대 집안의 가문, 학식, 인품 등을 알아보고 의견을 나누는 절차이지요. 중매인을 통해 양가의 의견이 어느 정도 모아지면 궁합을 보았습니다. 자유 연애를 할 수 없었던 터라 궁합은 매우 중요한 조건으로 여겨졌습니다.

납채(納采)

혼인을 결정했으면 신랑 집에서 신부 집으로 신랑의 사주를 적은 사주단자(四柱單子)를 보냅니다. 사주를 받은 신부 집에서는 신랑과 신부의 생년월일시에 따라 길일을 택해 결혼 날짜를 정하여 신랑 측에 알리는데, 이것을 연길(涓吉)이라 하지요. 사주단자를 보내는 것은 오늘날의 약혼과 같은 의미여서, 신부 집에서 혼인을 거절하려면 이를 받지 않아야 했습니다.

납폐(納幣)

약속한 혼인날이 내일로 다가왔습니다. 이제 신랑 집에서 신부 집으로 함을 보내지요. 옛날에는 여자가 시집을 가면 좀처럼 친정에 다녀갈 수가 없었기 때문에, 딸을 보내는 신부 부모님을 위로하고 귀한 딸을 주셔서 고맙다는 인사를 하기 위해 함을 보냈습니다. 이렇게 귀한 뜻이 담겼기에 함을 지고 가는 '함진아비'는 신랑 친구 가운데 첫 아들을 낳은 사람이나 부부 금슬이 좋은 사람이 맡았습니다.

甲辰四月初四日戌時

四柱

사주단자 지방에 따라 사주만 보내는 곳도 있었고, 격식을 차려서 청혼서를 같이 보내거나 약간의 물품을 딸려 보내기도 했다.

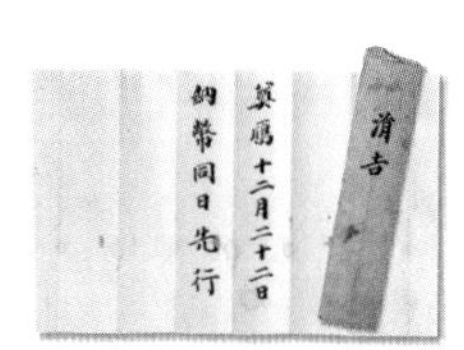

奠鴈十二月二十二日

納幣同日先行

涓吉

연길 사주단자를 받은 신부 집에서는 혼인 날짜를 받아 신랑 집에 택일단자를 보냈다.

함 함에 넣는 물건은 지방과 사회 계층, 빈부에 따라 다르지만 신부의 상하의 두 벌과 폐물, 혼서 등은 공통적으로 넣었다.

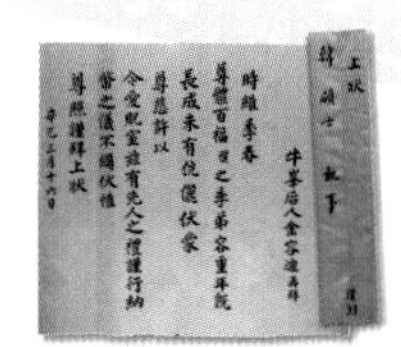

혼서 혼인 문서. 신부는 일부종사의 의미로 이 혼서를 일생 동안 간직했다가 죽을 때는 관 속에 넣었다.

친영(親迎)

드디어 혼인날이 되었습니다. 사모 관대를 차리고 말을 타고 신부 집에 온 신랑은 집 앞에 놓인 짚불을 넘어 신부 집으로 들어갑니다. 짚불을 넘는 것은 그동안의 나쁜 것을 모두 태워 버리라는 뜻이지요. 이를 시작으로 신랑이 신부 집에 가서 혼례를 치르고 신부를 맞아 오는 예를 '친영'이라 하는데, 바로 요즘의 결혼식과 같은 절차입니다. 친영은 전안지례, 교배지례, 합근지례의 순서로 이루어집니다.

혼례를 올리는 신부는 거추장스러운 옷차림 때문에 곤란을 겪었답니다. 결혼식 도중에 눈을 치켜뜨지 않기 위해 속눈썹에 밀기름을 발라 눈을 반쯤만 깜빡였고, 귀에는 솜을 틀어막아 소리를 못 들었지요. 입에는 대추 씨앗을 물어 웃지 못했습니다. 옷을 벗기 힘드니 볼일을 보기도 어려워, 음식은 물론이고 물도 마음대로 먹을 수 없었지요.

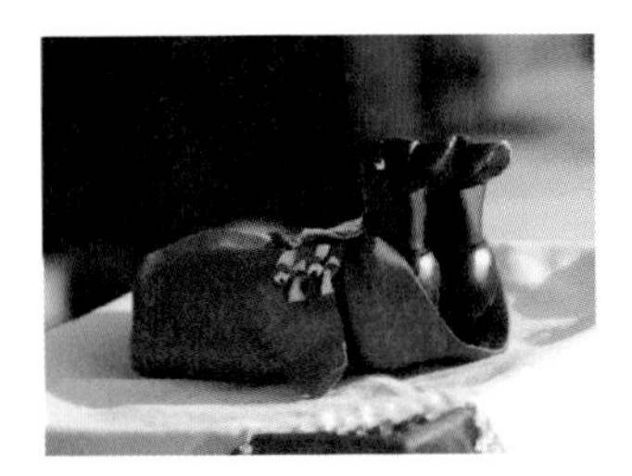

전안지례(奠雁之禮)

신부 집에 들어간 신랑은 나무로 만든 기러기인 목안(木雁) 한 쌍을 신부의 혼주에게 전달합니다. 기러기는 한 번 짝짓기를 하면 죽을 때까지 헤어지지 않는다고 하여 기러기처럼 평생 의리를 지키며 살겠다는 마음을 신부 집에 전하는 것이지요.

교배지례(交拜之禮)

신랑이 먼저 대례상(교배상) 앞으로 나와 서면 조금 뒤 신부가 나와 신랑과 마주 보고 서서 서로 절을 합니다. 이를 통해 두 사람은 백년해로를 서약하는 것입니다. 대례상 위에는 촛대, 송죽, 장닭, 쌀, 밤, 대추, 술잔 등을 놓았습니다.

합근지례(合巹之禮)

신랑과 신부가 하나가 된다는 의미로 서로 술잔을 나누는 합근지례에서는 반으로 자른 표주박에 술을 담아 교환했습니다. 표주박의 짝은 단 하나뿐이므로, 둘이 합쳐져서 온전한 하나를 이룬다는 뜻이 담겨 있습니다.

첫날밤

식이 끝나고 저녁이 되면 신방을 꾸밉니다. 주안상의 술을 가볍게 나눈 다음 신랑은 신부의 족두리와 예복을 벗기지요. 이때 '신방 지키기'라 하여 가까운 친척들이 창호지에 구멍을 뚫어 신방을 엿보곤 하는데, 이는 첫날밤을 어떻게 보내야 할지 모르는 신랑 신부에게 도움을 주기 위해서입니다. 하지만 신랑이 촛불을 끄면 모두 물러나야 합니다. 촛불을 입으로 불면 복이 달아나 버린다고 믿어 옷깃으로 바람을 내어 껐지요.

혼례 다음 날 점심때쯤에는 신부 집에 젊은이들이 모여들어 '신랑 다루기'를 합니다. 신랑에게 어려운 질문을 해서 답이 신통치 않으면 발바닥을 몽둥이로 쳤지요. 신랑이 소리를 지르면 장모가 나와 말리고 음식 대접을 합니다. 이를 동상례(東床禮)라고 했는데, 양반 집에서는 시(詩)를 읊게 하거나 화(話)를 맞추도록 하여 신랑의 학식과 지혜를 떠보기도 했습니다.

신행(新行)

이제 신부는 정든 친정을 떠나 신랑과 함께 시집으로 갑니다. 시집에 도착하면 시부모를 처음 뵙는 예인 '현구고례(見舅姑禮)'를 치르는데, 이를 폐백(幣帛)이라고도 하지요. 신부 집에서 장만해 온 음식을 차려 놓고 술을 따라 올리며 시댁 식구들에게 절을 합니다. 절을 받은 시부모는 "아들 몇 낳고 딸 몇 낳아라." 하는 덕담과 함께 대추와 밤을 신부의 치마에 던집니다. 대추와 밤에는 자손을 번성시킨다는 다산(多産)의 의미가 담겨 있답니다.

박씨여! 아, 박씨 부인이여!

상공 일행이 금강산을 내려오자 해는 이미 서산을 넘어가고 있었다. 주막을 찾아 쉬면서 그제야 얼굴 가린 나삼을 벗고 앉은 신부의 얼굴을 보았다. 그런데 이것이 웬일인가. 신부의 얼굴은 너무나 흉측하여 고개가 저절로 돌아갈 지경이었다.

붉은 얼굴은 비바람에 오래 시달린 돌처럼 얽었고, 얽은 구멍에는 더러운 때가 가득 차 있었다. 입과 코는 한데 닿아 있는데, 입은 두 주먹을 넣어도 남을 만큼 크고 코는 깊은 산속의 험한 바위와 같았다. 눈은 달팽이 눈같이 툭 불거져 있고 이마는 메뚜기 이마 같았으며, 짧은 머리털은 어지럽게 엉켜 있었다. 게다가 키는 팔 척 장신인데 한 팔은 뒤틀리고 한 다리는 저는 듯하니, 이런 인물은 두 번 다시 볼 수 없을 정도였다. 상공과 시백은 한 번 보고 나서는 다시 볼 마음이 없어졌다. 정신이 아찔해지며 두 눈이 저절로 감겼다.

'사람이 이 정도로 추하면 마땅히 규중에서 늙히지 남의 집에 출가시키지는 않을 터인데, 구태여 나에게 청혼한 이유는 무엇인가? 박 처사의 인물 됨됨이가 예사롭지 않았던 것처럼, 필시 이 아이도 많은 재주를 지녔을 것이다. 비록 이 아이의 인물이 추하지만, 내가 소중히 여긴다면 우리 집안에 복이 되겠지.'

이런 생각을 하며 겨우 정신을 차린 상공이 시백을 바라보았다.

"신부를 보니 내 집에 복이 많고 네 몸에 무궁한 경사가 있을 것 같다. 어찌 기쁘지 않겠느냐?"

시백은 놀라고 기가 막힌 나머지 부친의 말에 아무런 대꾸도 할 수 없었다.

다음 날, 날이 밝은 후 일행은 한양을 향해 길을 떠났다. 가는 길 틈틈이 상공은 신부의 마음을 편하게 하고 음식도 각별히 조심해서 준비하도록 했다.

길을 재촉하여 여러 날 만에 한양에 도착했다. 일행이 집으로 들어가니 일가친척과 재상집 부인들이 신부를 보려고 모두 모여 있었다. 신부가 가마에서 내려 방으로 들어가 얼굴 가린 나삼을 벗어 놓았는데, 그 모습이 가관이었다. 모두들 한 번 보고는 침을 뱉고 비웃었다.

"참으로 구경은 구경이로다."

* **규중(閨中)** 부녀자가 거처하는 곳.

여러 부인이 서로 얼굴을 쳐다보며 비아냥거림을 멈추지 않았다. 그날 해가 저물도록 일가친척은 한탄만 하고, 구경 왔던 손님들은 입을 막고 웃었다. 경사 난 집이 아니라 마치 괴변을 만난 집 같았다. 위아래가 다 경황이 없어 허둥거리니 부인이 상공을 원망했다.

"대감께 자식이 둘이 있습니까, 셋이 있습니까? 장안의 이름난 집안에도 어진 규수들이 많고 많은데, 어찌 허망한 산중 사람의 말만 듣고 이렇게 하실 수 있습니까? 이제 자식의 일생을 그르치게 되었습니다. 남 보기도 부끄럽고 집안사람들도 낭패를 당하고 있으니, 다시 생각해서 돌려보내십시오. 그런 뒤 좋은 가문에서 어진 며느리를 찾으면 얼마든지 구할 수 있을 것입니다."

"양 귀비는 그 얼굴이 빼어나게 아름다웠지만 오히려 나라를 망쳤소. 아무리 아름다운 여자를 구해 며느리를 삼는다 해도 여자로서 행실을 잘못하면 사람 도리에 어긋나게 되고, 아울러 집안을 보전치 못하게 될 것이오. 하지만 못난 인물이라 하더라도 덕이 있으면 집안에 복을 가져올 것인데, 부인은 무슨 말씀을 그렇게 하시오? 우리 며느리의 모습이 비록 추하지만, 임사의 덕행이 있을 거라 생각하오. 하늘이 도와 저렇듯 어진 사람을 얻은 것이니, 천지간에 이런 즐거움이 어디 있겠소?"

상공이 부인을 꾸짖었지만, 부인 역시 쉽게 물러서지 않았다.

"대감의 말씀이 맞습니다만, 자식이 저런 여자를 아내로 삼아 어떻게 즐거움을 누리겠습니까?"

"부모가 사랑하는데 자식이 어찌 서로 화목하게 지내지 않겠소? 부인은 그런 걱정 접어 두고 며느리 구박이나 하지 마시오."

상공이 거듭 부인을 달랜 뒤 이번에는 시백을 불러 타일렀다. 하지만 시백은 못생긴 박씨를 쳐다볼 생각도 하지 않았다. 부인과 시백이 박씨를 미워하니, 하인들 역시 박씨에게 공손히 대할 리가 없었다. 시백은 밤낮으로 잠만 자는 박씨를 쫓아내고 싶었지만, 부친이 무서워 감히 그렇게 하지는 못했다.

박씨는 남편의 냉대와 집안사람들의 구박을 받으며 하루하루를 외로움과 시름 속에서 보내야 했다. 상공이 이런 눈치를 채고 다시 시백을 불렀다.

"무릇 개와 말이라도 부모가 사랑하면 자식이 따라 사랑하는 법이다. 내 들으니 이 아비가 아끼는 며느리를 네가 박대한다 하던데, 이것이 나를 박대하는 것과 무엇이 다를까? 그렇게 하고도 부모를 섬긴다고 할 수 있겠느냐? 사람이 덕을 버리고 아름다움만 취하면 그것이 바로 집안을 망치는 근본이다. 아내가 박색이라고 멀리한다니, 그러고서야 어찌 집안을 제대로 다스릴 수 있겠느냐? 옛날 제갈공명의 아내 황씨는 인물이 추했지만 재주와 덕이 있어 남편을 삼국에서 으뜸가는 인물로 만들고 그 이름을 후세에 길이 전하도록 했다. 만약 그 인물이 추하다 하여 내쫓았다면 제갈공명은 바람과 구름을 부리는 재주를

- **양 귀비**(楊貴妃) 중국 당나라 현종의 비(妃). 그 모습이 빼어나게 아름다운 데다 노래와 춤에도 뛰어나, 사람들의 마음을 끌어당기는 힘을 지녔다고 전한다.
- **임사**(妊姒) 중국 주나라 때 어진 덕을 널리 베풀었다고 전해지는 태임(太妊)과 태사(太姒).

누구에게서 배워 영웅호걸이 될 수 있었겠느냐? 너의 아내도 비록 인물은 못났지만 남을 뛰어넘는 비범한 재주가 있을 것이니, 부디 가볍게 대하지 말아라."

시백이 부친의 말을 듣고 머리를 조아리며 사죄했다.

"제가 그간 사람의 도리를 다하지 못했습니다. 이후에야 어찌 다시 가르침을 버리겠습니까?"

"네가 그렇게 생각한다면 이제부터는 함께 잠자리에 들 수 있겠느냐?"

시백이 부친의 명을 거역하지 못해, 없는 정도 있는 척하며 싫은 마음 억누르고 내당으로 들어갔다. 하지만 아내의 얼굴을 보는 순간 부친의 가르침은 찬물 한 그릇에 지나지 않게 되고, 아내를 미워하는 마음은 전보다 더 심해졌다. 부채로 얼굴을 가린 채 등잔 뒤에서 억지로 밤을 지낸 뒤 밖으로 나와 상공께 문안 인사를 드리곤 했다. 하지만 상공은 시백이 이러는 줄을 전혀 알지 못했다.

또 하루는 상공이 하인들을 꾸짖었다.

"너희들이 어진 상전을 몰라보고 멸시한다는 소문이 들리더구나. 만일 또다시 그렇게 한다면 엄하게 다스릴 것이니라."

하인들 역시 머리를 조아리며 깊이 사죄했다.

부인은 날이 갈수록 며느리 멸미가 심해졌다. 어느 날 박씨의 몸종인 계화를 불러 명령했다.

"집안의 운수가 불행하여 많고 많은 사람 중에 저런 것을 며느리라고 맞이했구나. 게으르게 잠만 자면서 밥만 배불리 먹고 있을 뿐 도무지 쓸데가 없다. 게다가 여자로서 마땅히 해야 할 일조차 못하고 있으니 이후부터는 밥을 적게 주도록 해라."

부인이 앞장서서 박씨를 구박하니, 다른 친척들도 박씨와 화목하게 지낼 수가 없었다.

온 집안 식구의 구박을 묵묵히 참고 있던 박씨는 어느 날 계화를 불러 말했다.

"대감께 드릴 말씀이 있으니 바깥채에 나가 여쭈어라."

박씨의 말을 전해 들은 상공이 반가워하며 곧장 내당으로 들어왔다. 박씨가 한숨을 쉬면서 말했다.

"복 없는 사람이 인물까지 추하여 부모님께 효도하지 못하고 있습니다. 더구나 부부간에 서로 떨어져 지내고 있어 가정도 화목하지 못합니다. 아버님께서는 그저 없는 자식으로 여기시고 후원에 작은 초가집이라도 하나 지어 주십시오. 그러면 제 마음을 다소나마 풀 수 있을까 합니다."

말을 마친 박씨는 애달프게 눈물을 흘렸다. 이런 박씨의 모습을 보고 상공도 함께 눈시울을 적셨다.

"자식이 어리석어 내 가르침을 듣지 않고 너를 박대하는구나. 이는 집안 운수가 좋지 못하여 그런 것이다. 내 때때로 불러 타이를 것이니 안심하거라."

상공의 말을 들은 박씨는 다시 감격의 눈물을 흘렸다.

"아버님의 말씀은 그저 황송하고 감사할 따름입니다. 제가 못나고 덕이 없어 그런 것이오니 누구를 원망하겠습니까? 그런 말씀 마시고 제 소원대로 후원에 집을 지어 주시기 바랍니다."

상공이 그렇게 하리라 하고 밖으로 나와 시백을 불렀다.

"네가 끝내 아비의 말을 듣지 않는구나. 덕 있는 사람을 미워하고 아름다움만을 좇으니, 그러고서야 어찌 사람이기를 바랄까? 효도를 모른다면 어찌 충성을 알 것이며, 충효를 모른다면 짐승이 아니고 무엇이겠느냐? 나라가 어지러우면 어진 신하를 생각하고 집안이 요란하면 어진 처를 생각한다고 했느니라. 여자가 한을 품으면 오뉴월에도 서리가 내린다는데, 네 아내가 독수공방하는 서러움을 이기지 못하여 스스로 목숨이라도 끊는다면 어찌하겠느냐? 필시 나라의 큰 죄인이 되고 집안의 재앙이 될 것이다. 너는 도대체 어떤 인간이기에 그렇게 아름다움만 좇는단 말이냐?"

시백이 황급하게 땅바닥에 엎드렸다.

"소자가 어리석어 아버님의 가르침을 따르지 못하고 부부간의 정을 끊었으니, 그 죄 만 번을 죽어도 갚을 길이 없습니다. 어찌 다시 거역하겠습니까?"

시백이 물러 나와 다시는 그러지 않으리라 마음을 먹고 박씨에게로 갔다. 그러나 이번에도 역시 방에 들어가자마자 눈이 절로 감겼다. 가까스로 눈을 뜨고 얼굴을 보니 기절할 지경이었다. 아무리 마음을 독하게 먹고자 한들 그러한 괴물을 보고 어찌 함께 잠자리에 들 수 있겠는가?

여러 날을 그렇게 하니, 이제는 박씨가 거처하는 곳 가까이에 가고 싶은 마음조차 없어져 버렸다. 자연히 부부의 정은 점점 멀어질 수밖에 없었다.

상공이 그 낌새를 알고 홀로 탄식했다.

"이제는 내 집이 망하겠구나."

상공이 거듭 탄식을 하며 후원에 작은 방 두어 칸을 지어 며느리가 시비 계화와 함께 살도록 살림을 차려 주었다. 이날 이후 시비 계화만 데리고 살아가는 박씨의 가련함은 차마 눈 뜨고 볼 수 없을 정도였다.

* 시비(侍婢) 곁에서 시중을 드는 계집종.

박씨 부인, 능력을 보이다

나라에서 상공에게 우의정 벼슬을 내리고, 다음 날 곧바로 대궐로 들어오라 했다. 상공이 임금 계신 곳을 향하여 절을 한 뒤 즉시 입고 들어갈 조복을 마련하고자 했다.

"옛날에 입던 조복은 색이 바랬고 새 옷은 미처 준비를 하지 못했는데, 내일 당장 들어오라 하시니 걱정이구려. 하룻밤 사이에 어찌 조복을 마련한단 말이오?"

상공과 함께 온 집안이 걱정에 휩싸였고, 부인은 어쩔 줄 몰라 안절부절못했다.

"일의 형세가 급하니 아무쪼록 바느질 잘하는 사람을 얻어 보도록 하겠습니다."

이 말을 들은 계화가 후원으로 들어가 상공의 벼슬이 높아졌다는 것과, 내일 당장 입고 들어갈 조복 때문에 걱정하고 있다는 말을 박씨에게 전했다.

"일이 급하거든 조복 지을 옷감을 가져오너라."

계화는 의아해 하면서도 상공을 찾아가 이야기했다. 상공이 크게 기뻐하며 말했다.

"우리 며느리가 신선의 딸이기에 분명 뛰어난 재주가 있을 것이다. 급히 옷감을 가져다주어라."

"그 얼굴에 무슨 재주가 있겠습니까?"

부인이 이렇게 비웃자 집안사람들 역시 부인을 편들었다.

"옷감만 버릴 것이니 들여보내지 마십시오."

"속담에 이르기를, 형산의 백옥이 흙 속에 묻혀 있고 보배로운 구슬이 돌 속에 들어 있어도 안목이 없으면 알지 못한다 했소. 사람의 인품은 쉽게 알 수 없는 것인데 부인은 어찌 그런 말씀을 하시오?"

부인은 더 이상 상공의 말을 거역하지 못하고 마지못해 옷감을 후원으로 보냈다. 하지만 속으로는 걱정이 태산 같았다.

옷감을 전해 받은 박씨가 계화에게 말했다.

"이 옷은 혼자 지을 옷이 아니다. 도와줄 사람 몇 명만 구해 오너라."

계화가 박씨의 말을 상공에게 전하니 상공이 급히 사람을 구해 들

- **조복(朝服)** 관원이 조정에 나아가 하례할 때 입던 예복.
- **형산(荊山)의 백옥(白玉)** 형산은 중국의 호북성 남장현 서쪽에 위치한 산으로, 변화(卞和)라는 사람이 이곳에서 옥을 얻었다는 고사가 전해진다. 흔히 품질이 좋은 옥을 표현할 때 쓰이는 말이다.

여보냈다.

박씨가 몇 사람의 도움을 받으며 등불을 밝히고 옷을 짓는데, 열 사람이 할 일을 혼자서 하고, 이삼 일 걸려 만들 것을 하룻밤 사이에 다 만들어 냈다. 수놓는 솜씨는 마치 팔괘를 펼쳐 놓은 듯했으며, 바느질 솜씨는 월궁항아라도 따르지 못할 정도였다. 박씨가 수를 놓아 옷을 마무리하니, 앞에는 봉황이 춤을 추고 뒤에는 청학이 날아드는 모습이었다.

"부인의 솜씨를 우리들은 도저히 따를 수가 없구나."

같이 바느질하던 사람들이 박씨의 재주를 보고 크게 탄복했다. 옷을 받아 든 상공 역시 크게 놀라며 칭찬했다.

"이는 신선의 솜씨지 인간의 솜씨가 아니로구나."

다음 날, 상공은 박씨가 지은 조복을 입고 대궐로 들어가 임금께 절을 했다. 임금께서 상공을 가까이 오라 하고는 한참 동안이나 조복을 쳐다보았다.

"경의 조복을 누가 지었소?"

"신의 며느리가 지었습니다."

"그렇다면 저런 며느리를 두고 일생 동안 고초를 겪게 하고 또 빈 방을 홀로 지키게 하니 이 어찌 된 일이오?"

뜻밖의 말에 상공이 깜짝 놀라 급히 바닥에 엎드렸다.

"황송하옵니다. 전하께서 어찌 이리 훤히 아시옵니까?"

"경의 조복을 보니 뒤에 새긴 청학은 신선의 세계를 떠나 푸른 바다 위를 왕래하며 굶주린 기색이 뚜렷하고, 앞에 붙인 봉황은 짝을 잃고

우는 모습이 분명하구려. 내 그를 보고 짐작했소."

"신이 밝지 못한 탓입니다."

임금이 다시 그 까닭을 자세히 물었다.

"어찌하여 독수공방하게 되었소?"

"신의 며느리가 얼굴이 추한 탓으로 어리석은 자식이 아비의 가르침을 생각하지 않고 부부간에 서로 즐겁게 지내지 못하옵니다."

- **팔괘**(八卦) 우주 만물을 아우르는 여덟 가지의 바탕.
- **월궁항아**(月宮姮娥) 달나라의 선녀인 항아를 가리키는 말로, 흔히 인물이 아름답고 솜씨가 뛰어난 여인을 일컫는다.

"부부간 즐거움이 없으면 홀로 지낼 수도 있을 터이지. 하지만 매일 추위와 배고픔을 이기지 못하고 눈물로 세월을 보내는 것은 어찌 된 일이오?"

상공이 황공함을 이기지 못하고 등에 식은땀을 흘리며 머뭇거리다가 겨우 대답했다.

"신은 바깥사랑에 거처하는 관계로 내당 일을 알지 못하겠사오나, 이것은 다 신이 어리석어서 빚어진 일입니다. 그 죄 갚을 길이 없사옵니다."

"알지 못하겠구나. 경의 며느리를 보지는 못했지만, 조복 지은 솜씨를 보니 영웅의 기상을 품고 있는 것 같소. 내 오늘부터 매일 서 말의 곡식을 내려 줄 것이니, 한 끼에 한 말씩 지어 먹이도록 하시오. 그리고 경의 집 사람들이 푸대접하지 못하도록 각별히 조심하시오."

상공이 집으로 돌아와 부인에게 임금의 말을 낱낱이 전한 뒤 시백을 불러 크게 꾸짖었다.

"부모의 마음을 편하게 하는 것은 자식으로서 마땅히 해야 할 일이다. 또한 임금을 도와 나라를 태평하게 하고 백성을 평안하게 하는 것은 신하로서 마땅히 해야 할 일이다. 그런데 너는 아비의 가르침을 저버리고 네 마음대로 하다가, 아비로 하여금 임금께 황송한 말씀을 듣게 하고 또 동료들의 꾸짖음을 받게 했다. 그러고도 네가 효도를 한다고 할 수 있겠느냐? 너 같은 자식을 두어 무엇에 쓰겠느냐?"

시백이 고개를 숙이고 엎드려 말했다.

"소자가 아버님의 가르치심을 거역하여 임금님께 황송한 처분을 받게 하고 또 여러 대신의 책망을 듣게 했습니다. 아버님이 이처럼 분노하시니 그 죄 갚을 길이 없습니다."

상공이 화를 이기지 못하고 한동안 말없이 앉아 있다가 다시 임금의 가르침을 낱낱이 전한 뒤 알아듣게 타일렀다.

"네가 다시 내 말을 듣지 않는다면 이는 첫째 나라에 불충이 될 것이요, 둘째는 부모에게 불효가 될 것이다. 이후로는 각별히 조심하여 처신하도록 하라."

이날부터 나라에서 내린 쌀 서 말을 세 끼로 나누어 한 말씩 밥을 지어 박씨에게 주었다. 박씨는 조금도 사양하지 않았으며 다 먹고 난 뒤에는 오히려 부족한 기색을 보였다. 그 후로는 집안사람들도 감히 박씨 부인을 함부로 대하지 못했고, 상공은 더욱더 박씨를 사랑하게 되었다.

하루는 박씨가 계화를 불렀다.

"대감께 여쭐 말씀이 있으니 모셔 오너라."

계화가 상공에게 이 말을 여쭈니 상공이 즉시 들어왔다.

"무슨 할 말이 있느냐?"

"집안이 구차하지는 않으나 여유가 있는 것도 아닌 듯합니다. 재산을 모을 도리를 생각해 보심이 어떨는지요?"

"가난하고 부유한 것은 다 운수에 달린 것이니, 사람의 힘으로야 어찌하겠느냐? 혹 네게 무슨 좋은 생각이라도 있느냐?"

"내일 종로에 나가면 각지에서 사람들이 말을 팔려고 모여 있을 것

입니다. 여러 말 가운데 비루먹고 파리하여 모양이 볼품없는 말이 있을 것이니, 믿을 만한 하인에게 돈 삼백 냥을 주어 그 말을 사 오게 하십시오."

상공은 도무지 영문을 알 수 없었지만, 예사롭지 않은 며느리가 한 말이라 더 이상 의심하지 않고 하인 둘을 불렀다.

"내일 종로에 나가면 말 장수들이 말을 팔려고 여러 필을 세워 놓았을 것이다. 그중에서 비루먹고 파리한 망아지를 골라 삼백 냥을 주고 사 오너라."

하인들이 돈을 받아 들고 나와서는 서로 얼굴을 쳐다보며 고개를 갸우뚱했다.

"대감께서 무슨 까닭으로 비루먹고 파리한 말을 삼백 냥이나 주고 사 오라 하시는지 도무지 영문을 모르겠네."

다음 날, 하인들은 삼백 냥을 가지고 종로에 나갔다. 과연 말 여러 필이 있는데, 그중에 비루먹고 파리한 망아지가 있어 주인을 찾아 값을 물었다.

"저렇게 좋은 말들이 많은데 왜 하필 못난 것을 사려 하시오?"

"우리 대감 분부가 그러하기에 사려고 하오."

"그러면 닷 냥만 내고 가져가시오."

"우리 대감께서 반드시 삼백 냥을 주고 사 오라 했소. 삼백 냥을 받으시오."

말 장수는 깜짝 놀라 한발 성큼 물러섰다.

"원래 값이 닷 냥인데 어찌 삼백 냥이라는 큰돈을 받으라 하시오?"

"우리도 모르겠소. 우리 대감 분부가 그러하니 여러 말 말고 받으시오."

말 장수는 도리어 의심이 되는지라 끝까지 받지 않았다. 하인들은 어쩔 수 없이 백 냥을 떠맡기듯 던져 주고 나머지 이백 냥은 숨겨 가지고 돌아왔다.

"과연 망아지가 있어 삼백 냥을 주고 사 왔습니다."

상공은 즉시 며느리에게 말 사 온 이야기를 했다. 박씨가 하인에게 그 말을 가져오라 하고는 한참을 쳐다보더니 입을 열었다.

• **비루** 개나 말, 나귀 등의 피부에 생기는 병.

"이 말은 삼백 냥을 주어야 하는데, 어리석은 하인들이 주인에게 백 냥만 주고 이백 냥은 숨겨 왔기 때문에 쓸모가 없어져 버렸습니다. 도로 가져다주라 하십시오."

상공이 박씨의 말에 탄복을 하고 즉시 바깥채로 나와 말 사 온 하인들을 불렀다.

"너희들이 말 값 삼백 냥 중에서 이백 냥은 숨기고 백 냥만 주고 왔더구나. 상전을 속인 죄가 결코 가볍지 않지만, 이는 차차 다스리겠다. 우선 숨긴 돈 이백 냥을 즉시 말 장수에게 주고 오너라. 만일 늦어지게 되면 목숨을 보전치 못할 것이니라."

"그처럼 본 듯이 아시는데 어찌 속일 수 있겠습니까? 분부하신 대로 삼백 냥을 주려고 했지만, 말 값이 닷 냥이라며 기어이 받지 않았습니다. 억지로 백 냥만 주고 이백 냥은 숨겼는데 이렇게 훤히 아시니 소인들의 죄 값을 길이 없사옵니다."

하인들은 즉시 종로로 다시 가 말 장수를 찾았다.

"어따, 이 사람아! 주는 돈을 받지 않는다고 고집하여 우리가 상전에게 큰 벌을 받게 되었소. 이제 딴소리하지 말고 마저 받으시오."

그러고는 이백 냥을 억지로 맡기고 돌아와 상공에게 말했다.

"말 장수를 찾아 이백 냥을 마저 주었습니다."

상공이 즉시 후원으로 가 이 일을 박씨에게 말하니 박씨가 상공에게 당부를 했다.

"한 끼에 보리 서 되와 콩 서 되로 죽을 쑤어 그 말에게 먹이되, 삼 년만 각별히 신경을 써서 먹이도록 하십시오."

상공이 하인들을 불러 박씨의 말을 전하여 그렇게 하도록 했다.

박씨는 초당 이름을 피화당이라 했다. 계화와 더불어 피화당에서 외로이 지내며 집 뒤뜰 전후좌우로 여러 종류의 나무를 가져다가 심었다. 동쪽에는 푸른 기운을 따라 푸른 흙으로 나무뿌리를 북돋우고, 서쪽에는 흰 기운을 따라 흰 흙으로, 남쪽에는 붉은 기운을 따라 붉은 흙으로 뿌리를 북돋았다. 북쪽에는 검은 기운을 따라 검은 흙으로 그 뿌리를 북돋우고, 중앙에는 누런 기운을 따라 누런 흙으로 뿌리를 북돋아 오색이 영롱하게 심어 놓고, 때에 맞춰 정성스럽게 물을 주었다.

나무들은 하루가 다르게 자라나 그 모양이 웅장할 뿐 아니라 신비롭기까지 했다. 오색구름이 자욱한 가운데 위로 뻗친 나무는 용이 서려 있는 모습이었고, 그 나무에 달린 잎사귀는 범이 호령하는 듯했다. 또한 나뭇가지는 온갖 새와 무수한 뱀들이 변화무쌍하게 서려 있는 듯했으니, 그 신기한 재주는 귀신도 감히 따를 수 없을 정도였다.

박씨의 근황을 궁금해 하던 상공은 계화를 불러 물었다.

"요즈음은 부인이 무슨 일로 소일하더냐?"

"뒤뜰에 온갖 나무를 심으시고 소녀로 하여금 기르게 하고 있습니다."

- **초당**(草堂) 집의 원채에서 따로 떨어진 곳에 짚이나 억새로 지붕을 이어 지은 조그마한 집채.
- **피화당**(避禍堂) 화를 피할 수 있는 집.
- **소일**(消日) 어떤 일에 마음을 붙여 세월을 보내는 것.

상공이 계화를 따라 들어가 주위를 둘러보니, 온갖 나무가 사면에 무성하게 자라 있었다. 나무는 용과 범이 변하여 바람과 비를 부르는 듯하고, 가지는 무수한 새와 뱀이 서로 꼬리를 맞대고 있는 듯했다. 그 모습은 너무도 엄숙하여 똑바로 쳐다보기가 어려울 정도였다.

"이 사람이 곧 신선이구나. 나로서는 감히 그 재주를 헤아릴 수 없을 것이다."

거듭 탄복을 하며 박씨를 불러 물었다.

"저 나무는 무슨 일로 심었느냐?"

박씨가 공손하게 대답했다.

"길흉화복은 인간의 삶과 늘 함께하는 것이옵니다. 뒷날 무슨 일이 생겼을 때 저 나무로 미리 막아 보고자 심었습니다."

"그렇다면 혹시 이 집 이름을 피화당이라 한 것도 그와 관련이 있는 것이냐?"

"그러하옵니다."

상공이 그 까닭을 자세히 알고 싶어 다시 물어보았지만 박씨는 말을 아꼈다.

"하늘의 뜻이기에 차마 누설치 못하겠습니다. 후에 자연히 아시게 될 것입니다. 더 묻지 마시옵소서."

"너는 참으로 나 같은 사람의 며느리가 되기에는 아까운 사람이구나. 내 운수가 사나워서 그런지, 아니면 내 자식이 어리석어서인지 부부간에 즐거움을 알지 못하고 헛되이 세월만 보내는 것이 안타깝다. 내 나이 이제 예순이라, 내가 곧 죽으면 너같이 어진 사람이 집안사람들의 냉대를 어찌 견딜지, 다만 그것이 걱정이다.”

상공이 길게 탄식하며 말했지만 박씨는 오히려 상공을 위로했다.

“소부의 생김새가 추하여 부부간에 즐거움을 모르는 것이니 이는 다 소부의 탓이옵니다. 누구를 원망하겠습니까? 다만 제가 원하는 것은 가군이 과거에 급제하여 부모님이 영화를 누리실 수 있게 하고, 나라를 충성으로 도와 그 이름을 널리 알리는 것이옵니다. 그런 후 다른 가문에서 아내를 얻어 자식을 낳고 탈 없이 오래 산다면 저는 죽어도 여한이 없을 것입니다.”

상공이 며느리의 넉넉한 말을 들으니 한편으로 가슴이 시원해지는 것을 느꼈지만, 다른 한편으로는 며느리가 너무도 불쌍했다. 대답을 못한 채 길게 눈물만 흘리자 박씨가 다시 말을 이었다.

“아버님, 부디 귀하고 귀하신 옥체를 보존하시옵소서. 설마 아무 때라도 화목하게 지낼 날이 없겠습니까? 너무 걱정하지 마시고 마음 편하게 지내십시오. 만일 아버님께서 지나치게 걱정을 하시면 가군의 허물이 다 드러나게 될 것이고, 그렇게 되면 사람들은 가군을 불효자라 할 것이옵니다. 이는 모두가 소부의 허물 때문에 그렇게 된 것이니, 그 원망을 제가 들을까 두렵습니다.”

상공은 며느리의 마음 씀씀이에 다시 한 번 탄복하며 박씨의 극진한 효심을 크게 칭찬했다.

- 소부(小婦) 결혼한 여자가 자신을 낮춰 부르는 말.
- 가군(家君) 남 앞에서 ‘자기의 남편’을 일컫는 말.

박씨가 망아지를 기른 지 삼 년이 지났다. 비루먹어 볼품없던 망아지는 어느덧 훌륭한 말이 되었다. 그 모습은 용의 몸에 호랑이의 머리 같았으며 걸음은 가을 하늘의 구름과도 같았다.

한참 동안 말을 쳐다보던 박씨가 계화에게 상공을 모셔 오라고 했다.

"아무 달 아무 날에 중국에서 사신이 나올 것입니다. 이 말을 가져다 사신이 나오는 길에 매어 두면 사고자 할 것이니, 삼만 냥에 팔아 오게 하십시오."

박씨의 말에 상공은 반신반의하면서도 중국에서 사신이 나오기를 기다렸다. 박씨가 말한 그날이 되니 과연 사신이 온다는 소문이 들렸다. 즉시 하인들에게 말을 끌고 나가 사신 오는 길가에 매어 두게 했다. 사신이 그 말을 보고 크게 혹하여 물었다.

"이 말을 팔 것인가?"

"팔고자 하나 임자가 없어 못 팔고 있습니다."

"값은 얼마나 받으려 하느냐?"

"삼만 냥이옵니다."

사신이 크게 기뻐하며 삼만 냥의 돈을 아끼지 않고 사 갔다. 하인들은 곧장 집에 돌아와 말 판 이야기를 상공에게 했다. 상공이 박씨에게 물었다.

"네 말대로 삼만 냥이나 되는 많은 돈을 받았다 하더구나. 알지 못하겠다. 이것이 대체 어찌 된 일이냐?"

"그 말은 천 리를 달리는 말입니다. 하지만 우리나라는 작은 나라라 알아볼 사람이 없을뿐더러 쓸 곳도 없습니다. 중국은 땅이 넓고 오래지 않아 쓸 곳이 있을 것이기 때문에 그 사신은 삼만 냥을 아끼지 않고 사 간 것입니다."

"네가 비록 여자이지만 만 리 밖의 일을 볼 줄 아는 지혜를 가졌구나. 만일 남자로 태어났더라면 나라를 위해 큰일을 하는 사람이 되었을 것이다. 여자로 태어난 것이 참으로 아깝구나."

상공은 박씨를 크게 칭찬하면서도 박씨가 여자인 것을 못내 아쉬워했다.

조선의 여인들

조선의 여인에게 묻었다

박씨가 여자로 태어난 것을 못내 아쉬워하는 상공의 말에서도 짐작할 수 있듯, 조선 사회에서 여성은 차별과 억압의 대상이었습니다. 하지만 그 속에서도 자신만의 능력과 열정으로 눈부신 삶을 일궈 낸 여성들이 있었지요. 각기 다른 삶의 조건 아래에서 다른 모습의 삶을 살았던 세 명의 여인, 그들의 이야기를 들으며 조선 시대 여인들의 삶과 꿈을 만나 봅시다.

최고의 여성 성리학자, 임윤지당(1721~1793)

저는 조선 시대에 널리 이름을 떨친 성리학자입니다. 여성에게는 교육의 기회조차 주어지지 않았지만, 대성리학자인 오라버니(녹문 임성주)를 통해 학문을 닦을 수 있었습니다. 열아홉 살에 결혼을 한 저는 8년 만에 지아비를 잃고 과부 신세가 되었지만, 다행히 시집살이는 평탄한 편이었지요. 하여 이후에도 오라버니와 편지를 주고받으며 학문을 계속할 수 있었습니다. 저의 성리학 연구는 매우 치밀하다는 평가를 받았습니다. 조선 성리학의 핵심 논쟁들을 저만의 이론으로 논파했고, 《대학》과 《중용》 등의 유교 경전도 새롭게 해석했지요. 저는 사람은 누구나 요순과 같은 성인이 될 수 있으므로, 여성 또한 성인이 될 수 있다고 생각했습니다. 남녀는 처지만 다를 뿐 타고난 본성에는 하등의 차이가 없기 때문이지요. 저의 성리학 연구는 남녀 차별을 근본적으로 부정하는 데까지 나아갔던 것입니다. 제 생애는 여성으로서는 그다지 행복하지 못했습니다. 그러나 제가 없었다면 조선 500여 년 동안 성리학은 남성들의 전유물이 되었을 것입니다. 남녀 차별이 극심했던 조선 사회에서, 그것도 남녀 차별을 공고히 하는 데에 악용되었던 성리학을 연구하여 이름을 떨침으로써 저는 조선 역사에 한 획을 그은 인물로 남을 수 있었습니다.

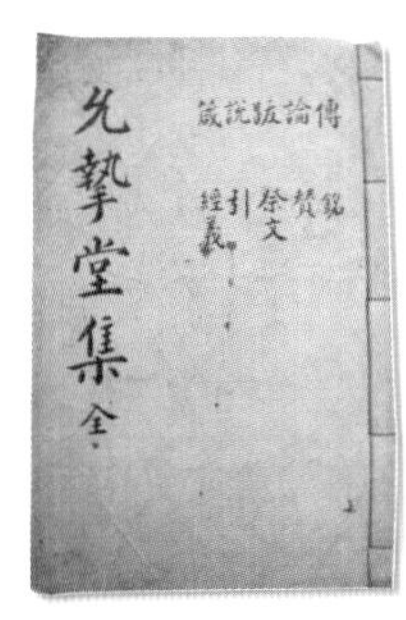

임윤지당의 시문집인 《윤지당유고》. 1796년 임씨의 동생 임정주가 편집하여 간행했다.

> 아아! 나는 비록 여자이지만 부여 받은 본성은 남녀 간에 다름이 없으니
> 안연이 배운 바를 따를 수 없다 하더라도 성인을 사모하는 뜻은 매우 간절하다.
> 그러므로 내 견해를 대략 풀어서 내 뜻을 밝힌다. _〈극기복례위인설〉

시대를 앞서 산 여인, 허난설헌(1563~1589)

저의 유년 시절은 남달리 유복했습니다. 아버지와 오라버니들은 저를 여자라 무시하지 않고 글과 학문을 가르쳐 주었고, 저는 타고난 재능과 감수성으로 나만의 시 세계를 가꾸어 갈 수 있었습니다. 남다른 재주를 지녔던 저의 불행은 혼인을 하면서 시작되었습니다. 용렬한 남편은 열등감에 빠져 저를 냉대했고, 저는 남편을 기다리며 독수공방하는 외로운 처지가 되었습니다. 설상가상으로 사랑하던 두 아이마저 저세상으로 보내야 했지요. 고통스러운 현실 속에서 많은 시를 썼지만, 남편보다 뛰어난 여성에 대한 사회의 시선은 더없이 냉혹했습니다.

스물일곱의 나이로 세상을 떠나기 전, 저는 그간 써 왔던 시들을 모두 불살라 버렸습니다. 나처럼 불행한 여인이 다시는 나타나지 않기를 바랐기 때문이지요. 하지만 나의 동생 허균에 의해 몇몇 시들이 남겨졌다 들었습니다. 혹 여러분이 그 시를 읽게 된다면, 남편에게 냉대 받은 한 여인의 넋두리로만 받아들이지는 말았으면 합니다. 그 속에는 시대를 앞서 살았던 한 여인의 갈등과 고통이 담겨 있음을 기억하길 바랍니다.

보슬보슬 봄비는 못에 내리고
찬바람이 장막 속 스며들 제
뜬 시름 못내 이겨 병풍 기대니
송이송이 살구꽃 담 위에 지네.

내게는 세 가지 한이 있으니
첫째는 여자로 태어난 것이요,
둘째는 조선에 태어난 것이요,
셋째는 그의 아내가 된 것이다.

향기로운 나무는 물이 올라 푸르고
궁궁이 싹도 가지런히 돋아났네
봄날이라 모두들 꽃피고 아름다운데
나만 홀로 자꾸만 슬퍼지네
벽에는 오악도를 걸고
침상머리엔 참동계를 놓았으니
혹시라도 단사를 만들어 내면
돌아오는 길에 순임금을 뵈오리라. _허난설헌의 시

제주 백성의 은인, 김만덕(1739~1812)

저는 정조 임금 때 제주도에 살았던 상인입니다. 어릴 적 부모를 잃어 기녀의 수양딸로 들어가 한때는 기녀로 살아야 했지요. 타고난 미모와 재능으로 이름난 기생이 되었지만, 집안이 천민 대우를 받는 것이 괴로웠기에 백방으로 노력하여 본래의 양인 신분을 되찾고 객주를 열었습니다. 한 남자의 여자가 되어 살기보다는 상인이 되는 길을 택함으로써, 변화하는 시

허난설헌이 죽은 뒤 그녀의 동생 허균을 통해 중국에서 간행된 시문집 《난설헌시》와 허난설헌의 그림과 친필을 엿볼 수 있는 《앙간비금도》, 강원도 강릉에 있는 그녀의 생가.

대의 흐름을 좇고자 한 것이지요. 객주를 기반으로 한 장사는 날로 번창해 갔고, 몇 년 만에 저는 제주의 이름난 거상이 될 수 있었습니다. 1795년 제주에는 큰 흉년이 들었습니다. 백성들의 고통을 지켜보던 저는 많은 양곡을 풀어 굶주린 이들을 살렸습니다. 이 일로 제주 백성들에게 생명의 은인으로 칭송 받게 되었고, 임금께서도 크게 칭찬하시며 저의 소원을 들어주겠노라 하셨지요. 하여 당시 제주 여인이 육지로 나가는 것이 금지되어 있었는데도, 한양으로 가 임금님을 뵙고 금강산도 구경할 수 있었답니다. 조선 시대에 여성의 사회 활동은 엄격히 제한되어 있었습니다. 그러나 바로 이 시대에 저는 신분에 구애 받지 않고 자유로이 활동하여 큰 상인이 되었으며, 자선 사업에 주력하여 사람들의 존경과 사랑을 받았지요. 비록 여성을 억압하는 조선 사회였지만, 저는 그 틀을 벗어나 내 나름의 뜻을 펼쳐 나갔기에 당대뿐 아니라 후세에까지 이름을 떨친 행복한 여인이 될 수 있었던 것입니다.

〈만덕전〉이 수록된 체제공의 시문집, 《번암집》. 체제공은 임금의 포상으로 한양에 온 김만덕을 만난 후, 그녀에 대한 인상을 담아 대화체 형식의 〈만덕전〉을 썼다.

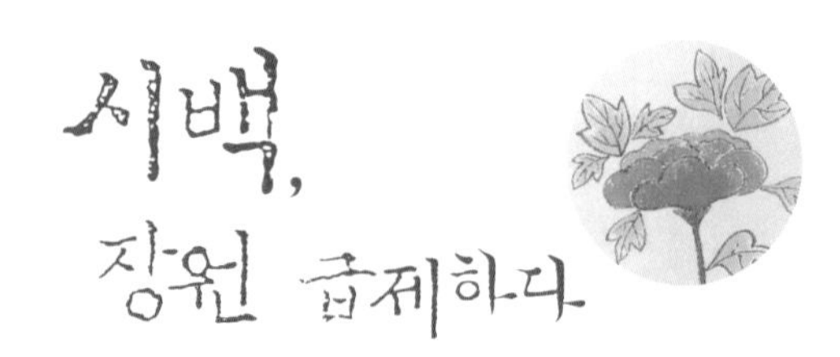

시백, 장원 급제하다

시절이 태평하고 농사는 풍년이 들어 백성들의 삶이 더욱 편안해졌다. 이때 나라에서는 인재를 구하고자 과거를 열었는데, 시백 역시 이 과거를 치르기로 했다.

시백이 과거를 보기로 한 날 밤, 박씨는 꿈 하나를 꾸었다. 뒤뜰 연못 가운데 꽃이 활짝 피어 있는데, 그 꽃 위로는 벌과 나비가 날아오르고 꽃 아래에는 백옥으로 만든 연적이 놓여 있었다. 그런데 갑자기 그 연적이 청룡으로 변하더니 푸른 바다 위를 노닐다가 여의주를 얻어 구름을 타고 백옥경으로 올라갔다. 놀란 박씨가 잠에서 깨어나니 한바탕 꿈이었다.

잠에서 깨어난 박씨는 더 이상 잠을 이루지 못하고 이런저런 생각에 잠겼다. 어느덧 동방이 밝아 오는 것을 보고 박씨는 급히 밖으로 나왔다. 연못에 다가가니 과연 꽃 아래 연적이 놓여 있는데, 꿈속에서 본 바로 그 연적이었다. 반가운 마음에 연적을 방에 갖다 놓고 계화를 불렀다.

“급히 가서 서방님을 모셔 오너라.”

이 말을 들은 시백은 정색을 하며 꾸짖었다.

“무슨 일이 있기에 감히 장부의 과거 길을 지체케 한단 말이냐?”

추상같이 고함을 지르니 계화가 무안한 마음으로 돌아와 박씨에게 그 말을 전했다.

“잠깐만 들어오시면 좋은 일이 있을 것이니, 한 번의 수고를 아끼지 마시라 전해라.”

시백은 이 말을 듣고 더 크게 화를 냈다.

“요망한 계집이 장부의 과거 길을 말리다니, 이런 당돌한 일이 어디 있겠는가?”

얼굴을 붉으락푸르락하더니 계화를 잡아서 매 삼십 대를 때려 물리쳤다. 계화가 돌아와 매 맞은 이야기를 하자 박씨가 하늘을 우러러 눈물을 흘렸다.

“슬프다. 나로 인해 죄 없는 네가 매를 맞았구나. 이렇게 안타까운 일이 어디 있단 말이냐?”

슬프게 탄식한 뒤 계화에게 연적을 주며 시백에게 말을 전했다.

* **백옥경**(白玉京) 옥황상제가 있다는 곳. 옥경이라고도 한다.

"이 연적에 먹을 갈아 글을 지어 바치면 장원 급제할 것입니다. 크게 출세하여 이름을 떨치거든 부모님께 영화를 보이고 가문을 빛내십시오. 그런 후 나같이 복 없는 사람은 생각지 말고, 이름난 집안의 아름다운 여자를 얻어 함께 평생 사십시오."

계화에게 이 말을 들은 시백이 연적을 들어 찬찬히 살펴보니 천하에 둘도 없는 보배였다. 시백은 마음속으로 깨닫는 바가 있어, 지난 일을 뉘우치며 매 맞은 계화를 위로하고 박씨에게 말을 전했다.

"이미 지난 일은 어쩔 수 없으니 부인의 넓은 아량으로 다 풀어 버리시오. 태평한 시절을 만나 평생 함께하기를 바랍니다."

시백은 연적을 품에 안고 과거장에 들어가 글제가 내리기를 기다렸다. 잠시 후 '강구에 문동요'라는 글제가 내렸다. 시백이 박씨가 준 연적에 먹을 갈아 황모무심필을 반쯤 흠뻑 적신 후 한달음에 써 내려가니 가히 고칠 것이 없었다. 제일 먼저 글을 바치고 방이 내리기를 기다렸다. 잠시 후 방이 걸렸는데 '한성부에 사는 이득춘의 아들 시백'이라 써 있었다.

장원 급제였다.

이윽고 춘당대 높은 곳에서 새로 장원 급제한 사람을 부르는 소리가 장안을 진동했다. 시백이 대궐로 들어가 임금께 인사를 올리니, 임금이 좌우를 물리친 뒤 시백을 가까이 불렀다. 시백을 한참 동안 살피던 임금이 크게 칭찬하며 당부했다.

"부디 훌륭한 신하가 되어 나라를 위해 충성을 다하라."

시백은 감사의 절을 드리고 물러나 집으로 향했다. 어사화를 꽂고 금과 옥으로 된 띠를 두르고 말 위에 앉은 시백의 모습은 너무나 찬란하고 당당했다. 시백 일행은 청색 홍색의 깃발을 앞세우고 삼현 육각을 울리며 장안 큰길로 나섰다.

때는 바야흐로 춘삼월 호시절, 만물

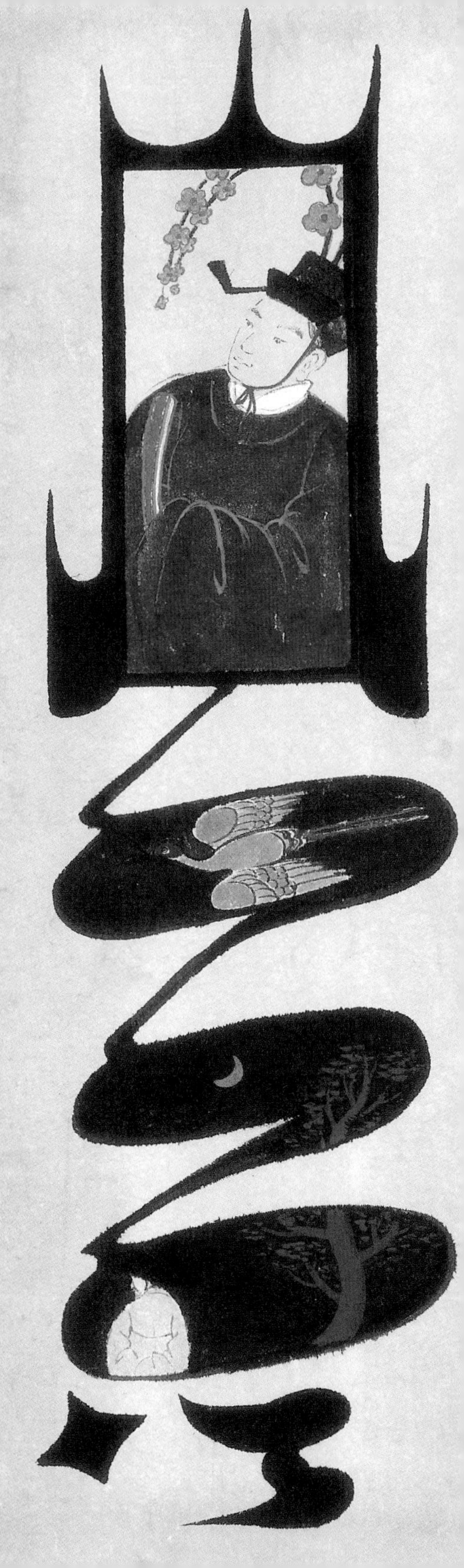

- **강구문동요**(康衢聞童謠) '번화한 거리에서 아이들의 노래를 듣다.'라는 뜻으로, 태평한 시절을 말한다.
- **황모무심필**(黃毛無心筆) 황모는 족제비의 꼬리털을 말하며, 무심필은 다른 털로 속을 박지 않은 붓을 말한다. 흔히 좋은 붓을 일컬을 때 쓰는 말이다.
- **춘당대**(春塘臺) 창경궁에 있는 누대로, 옛날에 과거를 보던 곳.
- **삼현 육각**(三絃六角) 삼현(거문고, 가야금, 향비파)과 육각(북, 장구, 해금, 피리, 태평소 한 쌍)으로 된 기악 편성.

은 흐드러지게 피어나 빼어난 경치를 자랑하고 있었다. 소년 급제한 시백의 옥 같은 얼굴은 아름다운 봄 경치와 어우러져 하늘나라의 신선과 같았다. 장안의 백성들이 앞다투어 구경하며 칭찬하는 말이 거리거리에 넘쳐흘렀다.

집에 돌아와서는 다시 풍악을 갖추고 잔치를 크게 베풀었다. 잔치에 참석한 여러 재상이 너도나도 상공에게 축하 인사를 드렸고, 상공도 술잔을 돌리며 마음껏 즐거움을 누렸다. 이윽고 날이 저물어 파연곡 소리가 울려 퍼지고 손님들은 모두 집으로 돌아갔다.

상공이 시백과 함께 내당으로 들어가 촛불을 밝히고 낮을 이어 즐기려 했지만, 얼굴에 나타난 서운한 빛을 감출 수는 없었다. 얼굴 못난 며느리가 손님 보기를 부끄러워하여 피화당에서 나오지 않았기 때문이다. 상공이 서운해 하는 모습을 본 부인이 물었다.

"오늘 이 경사는 평생에 두 번 보지 못할 경사입니다. 이런 날, 대감의 낯빛이 좋지 않은 것은 무슨 까닭입니까? 추악한 박씨가 이 자리에 없어서 그런 것입니까? 참으로 우습습니다."

상공은 즉시 얼굴빛을 고치고 엄숙하게 말했다.

"부인의 소견이 아무리 얕고 짧다고 한들, 어찌 그렇게 가벼운 말을 하는 것이오? 며느리의 신통한 재주는 옛날 제갈공명의 부인 황씨를 누를 것이고, 뛰어난 덕행은 주나라의 임사에 비할 것이오. 우리 가문에 과분한 며느리이거늘, 부인은 다만 생김새만 보고 속에 품은 재주는 생각하지 않으시니 그저 답답할 따름이오."

박씨 곁에는 계화만이 남아 잔치에도 참석하지 못하고 적막한 초당에 앉아 있는 박씨를 위로했다.

"그간 서방님은 한 번도 부인께 정을 주지 않으셨고, 대부인의 박대마저 심해 이렇게 밤낮으로 홀로 지내고 계십니다. 집안의 대소사에 참여하지 못할 뿐 아니라 오늘같이 기쁜 날에도 독수공방만 하고 계시니, 곁에서 지켜보는 소인조차도 슬픔을 이길 수 없을 듯합니다."

"사람의 길흉화복은 하늘에 달린 것이라 인력으로는 어찌할 수 없다. 그러기에 탕왕은 하걸에게 갇힘을 당하고 문왕도 유리옥에 갇혔으며, 공자 같은 성인도 진채에게 욕을 보신 것이 아니겠느냐? 하물며 아녀자가 되어 어찌 남편의 사랑만 기다리고 있겠느냐? 그저 분수를 지키며 하늘의 뜻을 기다리는 것이 옳을 터이니, 다시는 그런 말을 하지 말아라. 혹 바깥 사람들이 들으면 나의 행실을 천하다 할 것이다."

박씨가 오히려 담담하게 말하니, 계화는 부인의 너그럽고 어진 마음에 탄복했다.

- **파연곡(罷宴曲)** 잔치를 끝낼 때 부르는 노래나 연주곡.
- **탕왕(湯王)은 하걸(夏桀)에게 갇힘을 당하고** 학정을 일삼던 하나라의 마지막 왕 걸왕은, 당시 제후들이 대부분 어진 성탕(成湯)을 따르자 이를 경계하여 성탕을 감옥에 가두고 죽이려 했다. 이후 성탕은 하나라를 멸망시키고 은(殷)나라를 창건하여 탕왕이 되었다.
- **문왕(文王)도 유리옥에 갇혔으며** 은(殷)나라 말에 주왕(紂王)은 후에 문왕이 된 희창이 서부 지역에서 계속 세력을 확장하자, 그를 제거하기 위해 유리라는 곳에 가두었다.
- **공자(孔子) 같은 성인도 진채(陳蔡)에게 욕을 보신 것** 공자가 초나라 소왕(昭王)의 초대를 받고 진(陳)과 채(蔡)의 국경을 지날 때, 두 나라에서 위기를 느끼고 공자 일행을 들판에서 완전히 포위한 채 오도 가도 못하게 했다. 이로 인해 공자 일행은 이레 동안 고초를 겪었고, 이를 '진채지액(陳蔡之厄)'이라 한다.

박씨 부인, 허물을 벗고 절세가인이 되다

어느 날, 박씨가 상공에게 말했다.

"제가 출가한 이후 오래도록 친가 소식을 알지 못하고 있습니다. 오랜만에 부친을 찾아뵙고자 하오니, 잠깐 다녀올 수 있도록 허락해 주시기 바랍니다."

"이곳에서 금강산까지는 수백 리 험한 길이라 남자들도 자주 출입하기 어렵다. 하물며 규중 여자의 몸으로 어찌 가겠느냐?"

"험한 길 다니기가 어려운 줄 알지만, 부득이 가 볼 일이 있습니다. 염려 마시고 허락해 주십시오."

"네 뜻이 그렇다면 말리지는 못하겠구나. 내일 채비를 해 줄 테니 부디 무사히 다녀오너라."

"채비는 차릴 것 없습니다. 저 혼자 며칠 내로 다녀올 것이오니 번거

로운 말씀 마십시오."

상공이 며느리의 재주를 알고 허락은 했지만, 속으로는 걱정이 되어 잠자리가 편안하지 않았다.

다음 날, 날이 밝자마자 박씨는 집을 나섰다. 피화당 뜰에 나와 두어 걸음을 걷는가 싶더니 어느새 몸을 날려 구름을 타고 자취를 감추었다. 잠깐 만에 금강산에 다다라 부친께 절을 하고 문안을 드리니, 처사가 박씨의 손을 잡고 반겼다.

"너를 시가에 보낸 후 너의 기박한 운명을 생각하며 눈물 흘리지 않은 날이 없었다. 하지만 이는 하늘에 매인 바요, 사람의 힘으로 어찌하지 못하는 것이다. 이제 너의 액운은 다했다. 앞으로는 네 앞날에 행복만이 무한할 것이니, 너무 슬퍼하지 말고 잠깐만 쉬다 가거라. 내 이달 십오 일에 너의 시댁으로 갈 것이니라."

박씨는 금강산에서 며칠을 머문 뒤 다시 구름을 타고 잠깐 만에 피화당으로 돌아왔다. 그 길로 상공을 뵙고 문안 인사를 드리니, 상공은 놀라움과 기쁨을 감추지 못했다.

"너의 신기한 술법은 귀신도 측량하지 못하겠구나. 네 아버님은 편히 계시더냐?"

"아직은 한결같으십니다. 아버님께서 이달 십오 일에 이곳으로 오신다고 합니다."

이 말을 들은 상공은 처사가 오기만을 손꼽아 기다렸다.

처사가 오기로 한 날이 되었다. 상공은 집 안을 정결하게 하고 옷을 단정하게 입은 뒤 홀로 바깥채에 앉아 박 처사를 기다렸다. 오래지 않아 오색구름이 영롱해지며 맑은 옥피리 소리가 구름 밖에서 들려왔다. 상공이 창에 기대어 멀리 바라보니, 한 신선이 백학을 타고 오색구름 사이로 내려왔다. 자세히 보니 그가 바로 박 처사였다.

상공이 옷깃을 여미고 뜰 아래 내려가 처사를 맞았다. 시백 역시 의관을 갖추고 처사에게 문안을 드렸다. 처사가 시백의 손을 잡고 상공에게 축하 인사를 건넸다.

"영랑이 뛰어난 재주로 과거에 급제했으니 이 같은 경사는 다시 없을 줄 압니다. 그간 제가 시골에 있는 관계로 아직 축하 인사를 드리지 못했습니다."

상공이 술과 안주를 내어 대접하며 처사와 함께 그간 만나지 못한 회포를 풀었다. 술이 반쯤 줄어들고 분위기가 무르익어 갈 무렵, 상공이 어두운 낯빛으로 처사에게 말했다.

"귀한 손님을 뵈니 반가운 마음은 예사롭고 죄송한 마음은 산과 바다와 같습니다."

"무슨 말씀이신지요?"

"내 자식이 어리석다 보니 어진 아내를 푸대접하여 부부간 즐거움을 알지 못하고 있습니다. 제가 늘 타이르곤 하지만 자식이 끝내 아비의 말을 듣지 않더군요. 처사 대하기가 민망할 따름입니다."

처사가 급히 손사래를 쳤다.

"상공께서는 제 못난 딸을 더럽다 않으시고 지금까지 슬하에 두셨습니다. 그 넓으신 덕에 감사할 따름이온데 이렇게 말씀하시니 오히려 송구합니다."

"예사롭지 않은 며늘애가 늘 외롭고 힘들게 지내기에 드리는 말씀입니다."

"사람의 팔자와 길흉화복은 다 하늘에 달린 것입니다. 어찌 그리 지나친 걱정을 하십니까?"

처사가 담담하게 말하니 상공도 미안한 마음을 조금 덜 수 있었다.

이후 상공은 처사와 더불어 날마다 바둑을 두기도 하고 또 피리도 불면서 즐겁게 지냈다.

하루는 처사가 후원으로 들어가 딸을 불러 앉혔다.

"너의 액운이 다 끝났으니 누추한 허물을 벗어라."

처사는 허물을 벗고 변화하는 술법을 딸에게 가르친 뒤 말했다.

"허물을 벗거든 버리지 말고 시아버지에게 옥으로 된 함을 짜 달라고 해서 그 속에 넣어 두거라."

그러고는 딸과 함께 정담을 나누다가 밖으로 나와 상공에게 작별 인사를 드렸다. 상공이 못내 섭섭해 하며 만류했지만 처사는 듣지 않았다. 할 수 없이 한잔 술로 작별을 고하고 문밖으로 나가 전송했다.

"지금 헤어지면 다시 만나기 어려울 것입니다. 늘 건강하시고 복을 누리시기 바랍니다."

상공이 깜짝 놀라며 물었다.

"그것이 무슨 말씀입니까?"

• **영랑**(令郎) 다른 사람의 아들을 높여 부르는 말.

"이제 상공과 이별하고 산에 들어가면 다시 속세로 나오지 못할 듯 하여 드리는 말씀입니다."

상공이 슬프게 작별 인사를 하니, 처사는 학을 타고 공중에 올라가 오색구름을 헤치며 나아갔다. 잠시 후 구름이 걷혔는데 처사가 간 곳은 보이지 않았다.

그날 밤, 박씨는 몸을 깨끗이 씻은 뒤 둔갑술을 부려 허물을 벗었다.

날이 밝은 후, 박씨는 계화를 불렀다. 계화가 들어가 보니 전에 없던 절세가인이 방 안에 앉아 있었다. 여인의 얼굴은 아름답기 그지없었으며, 그 태도는 너무도 기이했다. 월궁항아나 무산선녀라도 따르지 못할 듯했고, 서시와 양귀비도 미치지 못할 정도였다. 계화는 정신이 황홀해져 숨도 쉬지 못하고 앉아 있었다. 박씨가 꽃 같은 얼굴을 들고 붉은 입술을 반쯤 열어 말했다.

"내가 지금 허물을 벗었으니 가서 대감께 아뢰어라. 절대로 소란을 피워서는 안 된다."

계화가 얼굴 가득 기쁜 빛을 띠고 급히 바깥채로 나갔다. 상공이 의아해 하며 물었다.

"무슨 좋은 일이 있기에 얼굴에 기쁜 빛이 가득하냐?"

- **절세가인(絕世佳人)** 이 세상에서는 비길 사람이 없을 만큼 빼어나게 아름다운 여자.
- **무산선녀(巫山仙女)** 중국의 전설에 나오는, 얼굴이 몹시 아름답다는 선녀.
- **서시(西施)** 중국 월나라의 미녀. 오나라에 패한 월나라 왕 구천이 서시를 부차에게 보내어, 부차가 그 미모에 빠져 있는 사이에 오나라를 멸망시켰다고 한다.

계화가 입을 열어 노래했다.

이내 심정 즐겁고 반갑구나
아름다운 봄빛과 어여쁜 명월이 환하게 비치니
고진감래 거룩하도다
낙양성에 봄바람 부니 온갖 꽃이 피었구나
어지럽게 나는 저 나비들아
청산녹수 맑은 곳에 이 봄빛 돌아보소

계화의 맑은 노랫소리에 상공의 마음에는 잔잔한 감동이 일었다. 정신이 맑아진 상공은 계화를 따라 급히 피화당으로 가 방문을 열었다. 방 안에는 한 여인이 앉아 있는데, 찬란한 아름다움은 눈이 부실 지경이었고, 향기로운 냄새는 방 안 가득 넘쳐 났다. 조용하고 그윽하게 앉은 모습은 마치 요조숙녀를 보는 듯했다.

여인이 부끄러움을 머금고 일어나 상공을 맞이했다. 상공은 정신이 아득해져 그저 묵묵히 바라볼 뿐이었다.

"부인이 어젯밤에 허물을 벗었습니다."

계화의 말에 상공은 정신을 차리고 박씨에게 다가갔다.

"네가 어찌 이렇게 절세가인이 되었느냐? 천고에 보지 못한 희한한 일이로구나."

"제가 이제야 액운을 다하였기에 어젯밤에 누추한 허물을 벗었습니다. 옥함 하나만 만들어 주시면 그 허물을 넣어 두겠습니다."

그 말을 들은 상공은 정신이 더욱 아득해져 더 이상 말을 잇지 못하고 밖으로 나왔다. 옥 장인을 불러 옥함을 만들어 들여보낸 뒤 부인과 아들에게 이 사실을 전했다. 상공의 말에 놀란 부인과 일가친척들이 다투어 피화당으로 몰려들었다. 피화당에는 옥 같은 피부에 꽃 같은 얼굴을 한 미인이 아리따운 자태로 앉아 있는데, 아무리 보아도 인간의 모습이 아니었다.

시백도 부친으로부터 그 말을 듣고 정신 나간 사람처럼 피화당으로 달려갔다. 하지만 지난날 박대하던 생각을 하니, 감히 방 안에는 들어갈 수가 없었다. 그저 피화당 앞에서 머뭇거리고만 있을 뿐이었다. 이때 계화가 나와 맑은 목소리로 노래를 하며 시백을 인도했다.

아름다운 저 명월이 검은 구름 속에 숨었으니
밝은 날이 그믐이 되었구나
으뜸 시인 이태백은 시흥을 잃어버렸고
적벽강 소자첨은 뱃놀이할 길 전혀 없네

- **고진감래**(苦盡甘來) '쓴 것이 다하면 단 것이 온다.'라는 뜻으로, 고생 끝에 즐거움이 옴을 이르는 말.
- **낙양성**(洛陽城) 중국 한나라의 도읍이었던 성.
- **청산녹수**(青山綠水) 푸른 산과 물.
- **이태백**(李太白)**은 시흥**(詩興)**을 잃어버렸고** 이태백(이백)은 술에 취하여 강물 속의 달을 잡으려다가 익사했다는 전설을 남길 만큼 달을 좋아했다. 명월이 구름 속에 숨어 버렸으므로, 이태백이 시흥을 잃었다고 표현한 것이다.
- **적벽강**(赤壁江) **소자첨**(蘇子瞻) 소자첨은 중국 북송 시대의 시인 소동파를 말하는데, 삼국 시대의 싸움터였던 적벽의 아름다움과 역사를 결부시킨 〈적벽부(赤壁賦)〉를 썼기 때문에 흔히 적벽강 소자첨이라 한다.

하늘은 깊고 그윽하며 옥 같은 자태가 단정하여
지난밤 삼경에 뜬 구름 벗어나니
천지가 명랑하고 정신이 상쾌하도다
좋을씨고 좋을씨고 달 아래 흥미가 좋을씨고
명월이 놀기 좋은 버드나무로구나
서방님은 백옥루 좋은 곳에서 저 달빛 구경하소

시백은 계화의 노랫소리에 힘을 얻어 피화당 문을 조심스레 열었다. 방 안에는 요조숙녀 같은 한 부인이 앉아 있는데, 그 태도는 달빛에 비친 매화 같고 엄숙한 위엄은 절벽에서 호령하는 맹호와도 같았다. 고개를 숙이고 앉아 있는 부인을 한번 보니, 정신이 아찔해지며 흡사 무엇에 홀린 듯했다. 바삐 들어가 말을 걸고 싶었지만 도무지 엄두가 나지 않았다. 감히 방 안에 들어가지도 못하고 도로 나와 계화에게 물었다.

"그 흉하던 인물은 어디로 가고 저렇게 아름다운 얼굴이 되었느냐?"

"부인이 어젯밤에 둔갑술을 부려 월궁항아가 되셨습니다."

계화가 웃음을 머금고 대답했다. 이에 시백은 크게 놀라며 탄식했다.

"내가 사람 보는 눈이 없었구나."

시백은 지난날 박절하게 대한 것을 부끄러워하며 다시 바깥채로 나와 부친을 뵈었다.

- **삼경**(三更) 하루의 밤을 다섯으로 나눈 셋째 시각. 밤 열한 시부터 다음 날 오전 한 시까지.
- **백옥루**(白玉樓) 문인(文人)이나 묵객(墨客)이 죽은 뒤에 간다는 천상의 누각.

"지금 들어가 보니 네 아내의 얼굴이 어떠하더냐?"

시백은 대답을 하지 못하고 그저 고개만 주억거릴 뿐이었다.

"사람의 길흉화복은 미리 헤아릴 수 없는 것인데, 너는 너에게 몸을 맡긴 사람을 오래도록 박대했다. 이제 무슨 면목으로 네 아내를 대하겠느냐? 앞으로는 매사를 이와 같이 하지 말아라."

시백이 감히 말을 하지 못하고 묵묵히 앉았다가 밖으로 나와 해가 지기만을 기다렸다. 그럭저럭 날이 저물어 밥 먹는 것도 잊고 피화당으로 갔다. 박씨는 촛불을 밝히고 위엄 있는 모습으로 앉아 있었다. 시백이 방문을 열고 들어가려 했지만, 걸음이 자꾸만 뒤로 걸려 안으로 들어갈 수가 없었다. 미칠 듯한 정을 걷잡지 못해 문밖으로 배회하다가 '못 들어갈 것도 없겠지.' 하고 마음을 다잡고는 방으로 들어가려 했다. 하지만 자연 얼굴이 붉어지며 말이 꼬질꼬질, 가슴이 답답하여 숨도 제대로 쉬지 못할 지경이었다. 겨우 한 발만 방에 들여놓고 한참을 생각하다 살짝 들어앉았다. 그 모습을 본 박씨는 웃음이 나오려 했지만, 짐짓 외면한 채 몸을 움직이지 않았다.

시백은 죽기를 무릅쓰고 방 안에 앉아 있었지만 입이 무거워 말을 할 수 없었다. 그저 박씨 얼굴만 뚫어질 듯 바라보는데, 박씨는 얼굴빛을 엄숙하게 하고 단정히 앉아 털끝만큼도 움직이지 않았다. 한참을 그렇게 있으니 가슴 두근거리는 것은 차츰 가라앉았지만, 부끄러운 마음은 더 간절해졌다. 아무리 생각해도 손 잡고 동침하기는 하늘에 오르기보다 더 어려울 듯했다.

그렇게 앉은 채로 밤을 지내고 날이 밝았다. 시백은 마지못해 일어

나서 바깥채로 나와 상공께 문안 인사를 드렸다. 사정 모르는 상공은 얼굴 가득 기쁜 빛을 띠었다.

아침밥을 먹은 시백은 다시 피화당에 갔다. 하지만 방 안에는 들어가지 못하고 근처를 배회했다. '오늘 밤에는 반드시 들어가 전날 박대한 잘못을 먼저 말하리라.' 하고 어서 해가 지기만을 기다렸다.

이윽고 황혼녘이 되었다. 시백은 옷차림을 단정히 하고 피화당에 가 방문을 열고 들어앉았다. 마음 죄이는 증상은 어제보다 조금 나으나, 생각하던 말은 입 밖에 꺼낼 수가 없었다. 박씨의 위엄은 더욱 씩씩하니, 이른바 지척이 천 리였다. 시백은 오늘도 말을 붙이지 못하고 앉아서 생각만 할 뿐이었다.

'대장부가 되어 처자에게 박절하게 대한 일이 있다 해도 그다지 말 못할 것은 아니지만, 지난 일을 생각하니 참혹하기만 하구나.'

며칠을 이렇게 하니 시백이 철석간장이라 한들 어찌 견딜 수 있겠는가? 자연 병이 되어 음식을 먹지 못하고 갈수록 모습이 초췌해졌다. 편작이 살아와도 그 병을 고치지 못할 지경이었다.

'아내라고 얻은 것이 흉물이라 평생 한이 맺혔는데, 지금은 월궁항아와 같이 되었지만 말도 붙이지 못하고 오히려 병만 얻었구나. 이렇게 된 것은 어리석은 내가 사람 보는 눈이 없는 데다가 아버님의 말씀

- **지척(咫尺)이 천 리** 지척은 아주 가까운 거리를 말한다. 따라서 지척이 천 리라는 것은 아주 가까운 거리인데도 천 리나 떨어진 것처럼 멀게 느껴진다는 뜻이다.
- **철석간장(鐵石肝腸)** 쇠나 돌같이 굳고 단단한 마음.
- **편작(扁鵲)** 중국 전국 시대의 이름난 의사. 편작은 명의의 대명사로 쓰인다.

을 새겨듣지 않은 탓이로다.'

시백이 촛불 아래 앉아 이렇게 뉘우치다가 다시 마음을 다잡았다.

'들어가서 말이나 해 보고 죽으리라.'

시백이 피화당에 들어가 가까스로 말문을 열었다.

"부인의 침소에 여러 날 들어왔지만, 늘 정색을 하고 마음을 풀지 아니하시니 몸둘 바를 모르겠습니다. 물론 이는 다 내 탓입니다. 누구를 원망하고 누구를 탓하겠습니까? 부인으로 하여금 오랫동안 빈방에서 힘들게 지내시게 한 죄는 갚을 길이 없을 것입니다. 하지만 부인이 너그럽게 생각하여 사람 한번 구해 주십시오. 죽기는 싫지 않으나 제 명대로 살지 못하고 이렇게 젊은 나이에 죽는다면 그 불효를 어찌 감당하겠습니까? 또 지하에 간들 무슨 면목으로 조상님들을 뵐 수 있겠습니까? 생각할수록 답답해지니 부인께서는 다시 생각해 주십시오."

시백이 눈물을 흘리며 말하니 박씨도 불쌍한 마음이 들었다. 하지만 얼굴빛을 더욱 냉정히 하고는 시백을 꾸짖었다.

"조선은 예의의 나라라 했는데 사람이 오륜을 모르면서 어찌 예의를 알겠습니까? 그대는 아내의 얼굴이 못났다 하여 삼사 년을 거들떠보지도 않았습니다. 그러고도 감히 부부유별을 이야기할 수 있겠습니까? 옛사람이 이르기를 '조강지처는 불하당'이라 했습니다. 그대가 이렇게 하고서 어찌 덕이 있다 하겠으며, 아내의 심정을 모르고서 어찌 출세하여 이름을 날리겠습니까? 나라를 위해 일한다는 것이 도리어 부질없습니다. 사람 보는 눈이 저러한데 어찌 효와 충을 알 것이며 백성 다스리는 도리를 알겠습니까? 앞으로도 효도와 충성을 다하지 못할 듯하니, 저 같은 아녀자의 마음으로도 낭군 같은 남자들은 조금도 부럽지 않습니다."

시백이 들으니 다 옳은 말이었다. 더구나 말하는 기운마저 씩씩한지라 입이 있어도 감히 더 말을 할 수가 없었다. 그저 부끄러움을 무릅쓰고 누차 사죄만 할 뿐이었다. 박씨가 그 모습을 한동안 바라보다가 슬며시 돌아앉았다.

"지난 일을 생각하자면 낭군님을 다시 보고 싶지 않은 것이 제 마음입니다. 이제 본래의 모습을 되찾았기에 낭군님이 아무리 애원하여도 한평생 마음을 풀지 않으려 했습니다. 하지만 여자의 연약한 마음으로 괴로운 정을 억누르지 못하겠습니다. 지난 일은 다 잊으려 하오니, 부디 이후에는 이런 사실을 명심하십시오."

이 말을 들은 시백은 뛸 듯이 기뻤다.

"저는 인간 세상의 무식한 사람이고 부인은 하늘나라 선녀이십니다. 말씀이 순리에 맞으며 또 올바르고 씩씩하니, 나같이 누추한 인물과는 감히 비교할 수 없을 것입니다. 제가 아는 것이 얕아 부부간에 즐거움을 누리지 못하고 또 부모께 불효가 막심했습니다. 그 죄 만 번을 죽어도 갚지 못할 것입니다. 다만 '아무리 지혜로운 사람이라도 천 번 생각에 한 번의 잘못은 있다.' 하신 옛 성현의 말씀으로 위안을 삼고자 할 뿐입니다. 부디 부인의 맺힌 원한을 오늘 밤 깨뜨리시고 평생

- **부부유별**(夫婦有別) 오륜(五倫)의 하나. 부부 사이에 엄격히 지켜야 할 인륜.
- **조강지처**(糟糠之妻)**는 불하당**(不下堂) 가난할 때 같이 고생하던 아내는 내치지 않는다는 말.

을 함께하길 바랍니다."

"누가 옳건 그르건 지난 일은 풀고자 하는 것이니 안심하십시오."

두 사람이 이렇게 이야기를 나누는 사이에 이미 밤이 깊어 삼경이 되었다. 박씨가 계화를 불렀다.

"술과 안주를 갖추어 들여라."

박씨가 시백과 함께 반쯤 취할 정도로 술을 마신 뒤 원앙금침을 펼치고 잠자리에 들었다. 부부가 오래도록 그리던 회포를 풀고 운우의 정을 나누니, 그 즐거움은 말로 표현할 수 없었다.

상공의 부인과 하인들도 지난날 박씨 부인을 구박한 것을 뉘우치게 되었다. 모두들 박씨의 신명함에 탄복을 하며 아울러 상공의 넓은 뜻을 칭송했다. 이렇게 되니 온 집안에 기쁨이 넘쳐흐르고 가족 간의 정은 나날이 깊어 갔다.

* **원앙금침(鴛鴦衾枕)** 원앙을 수놓은 이부자리와 베개.
* **운우의 정** 운우지정(雲雨之情). 초나라 양왕과 무산선녀의 고사에서 유래한 말로, 남녀 사이에 육체적으로 관계하는 정을 말한다.

미인이 되고 싶은 여성들

미녀는 괴로워

둔갑술을 통해 미인이 된 박씨, 그녀를 대하는 주변 사람들의 태도가 사뭇 달라졌습니다. 외모를 중요하게 여기는 사람들의 시선은 예나 지금이나 다를 바가 없어 보이는군요. 역사 속에서 많은 여성은 아름다운 외모를 가꾸기 위한 노력을 아끼지 않았습니다. 그러나 그 노력들은 때로 여성을 억압하는 결과를 낳기도 했답니다. 오늘날에도 여전히 아름다운 외모를 최고의 가치로 여긴 나머지 성형 수술과 다이어트를 하며 외모에 대한 강박에 시달리는 여성들이 많습니다. 참된 인간의 가치보다 외모의 아름다움을 강조하는 풍토 속에서 진정한 아름다움이란 과연 무엇일지 생각해 볼까요.

생명까지 위협한 가체

조선 중기 이후 부녀자들 사이에서는 자신의 머리카락 외에 다른 머리카락을 얹거나 덧붙이는 가체가 크게 유행했습니다. 그런데 너도나도 가체를 크게 꾸미려다 보니 심한 경우 그 값이 중인 열 집의 재산을 넘는 등 사치가 극에 달했습니다. 또 가체가 너무 무거운 나머지, 가체를 한 열세 살의 신부가 시집간 첫날 시부모에게 문안 인사를 드리고 일어서다 목뼈가 부러지는 사고가 생기기도 했지요. 나라에서는 이러한 폐단을 막기 위해 가체 금지령을 내렸지만 잘 시행되지는 않았습니다.

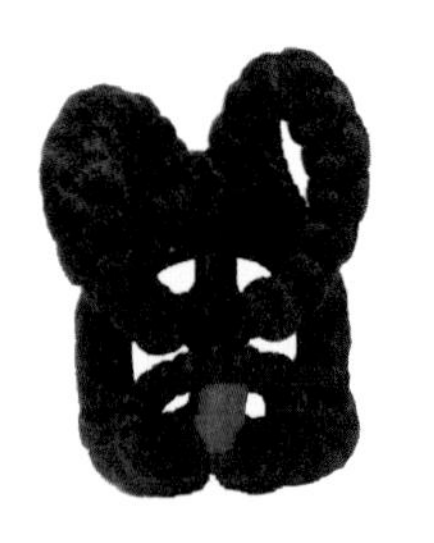

납 중독을 감수한 화장

조선 시대의 여인들도 각종 화장품으로 얼굴을 단장하곤 했습니다. 특히 하얀 얼굴은 옛날 여성들에게도 선망의 대상이어서, 이를 위해 가루분을 만들어 발랐습니다. 조선 시대에는 활석, 백토, 황토 등에서 추출한 물질로 분을 만들었는데, 여기에는 납 성분이 들어 있었답니다. 그래서 이를 오랫동안 많이 바른 기녀들은 만성 납 중독에 걸리기도 했지요. 납독이 올라 얼굴이 푸르게 되거나 구토와 빈혈, 위통이 생기곤 했습니다.

작고 작은 발, 전족

옛날 중국에는 여자아이가 3~4세가 되면 발을 천으로 꽁꽁 싸매 성장을 정지시키는 전족이란 풍습이 있었습니다. 전족을 하면 뼈가 가늘어져 몸 전체가 날씬해지고 연약해지는 효과가 있었다고 합니다. 또 전족을 하면 서 있는 자세가 불안정하고 걸음걸이도 특이해지는데, 남성들이 이를 특히 좋아했다고 하네요. 물론 자유로운 움직임을 방해하여 부녀자를 구속하기 위한 것도 전족의 목적 중 하나였습니다. 전족을 하지 않으면 시집을 갈 수 없었고 남성이 매력을 느끼지 않는다고 하여, 이런 기형적 풍습은 중국 사회에 오래도록 깊이 뿌리를 내리고 있었습니다.

가늘고 가는 허리, 코르셋

중국에 전족이 있다면 서양에는 코르셋이 있었습니다. 옛날 서양에서는 유난히 가는 허리를 동경하여, 여자들이 말에서 내릴 때 도와주는 남자의 두 손에 허리가 다 잡혀야 한다는 말까지 있었다는군요. 그래서 여성들은 건강상의 부작용을 감수하면서까지 코르셋을 있는 대로 조이곤 했습니다. 폐를 압박하는 코르셋 때문에 조금만 놀라도 호흡이 곤란해지면서 기절하기도 했고, 소화 불량으로 변비와 요통을 호소했으며, 심한 경우 늑골 골절까지 겪었다고 합니다.

봄날, 풍류를 즐기다

박씨가 허물을 벗고 꽃다운 모습으로 변했다는 소문은 장안에 날개 돋친 듯 퍼져 나갔다.

장안의 재상집 부인들은 신기한 소문을 듣고 박씨를 보기 위해 편지를 보냈다.

> 그동안 바람결에 부인 소식을 종종 들었사오나, 이것이 어찌 서로 만나 보는 것만 하겠습니까? 그동안 아무 탈 없이 잘 지내신다는 소식을 아침 구름과 저녁 비에 들었으며, 아우 역시 별 탈이 없사오니 다 부인께서 염려해 주신 덕택인가 합니다. 이제 화창한 봄날을 맞아 뭇 생명들이 활짝 피어나 즐거움을 마음껏 누리고 있습니다. 이러한 좋은 때에 함께 봄놀이를 즐기며 서로 만나 뵙기를 진심으로 바라옵니다.

박씨가 편지를 읽고 매우 기뻐하며 즉시 답장을 보냈다.

> 저는 전생의 액운으로 박색이 되어 피화당에 홀로 거처하면서 근심 어린 탄식을 벗 삼아 세월을 보냈습니다. 다행히 하늘이 도와 본모습을 되찾고 집안사람들과 함께 즐기게 되었는데, 이러한 때 천만뜻밖으로 여러 부인께서 아름다운 글을 보내셨습니다. 두 손 받들어 여러 차례 살펴보니, 그 기쁨은 구름 속에 비친 달과 같고 물속에 피어난 연꽃과 같습니다.
> 봄날이 점차 무르익어 가는 요즈음, 여러 부인께서 편히 계신다 하는 소식에 기쁨을 금할 길이 없습니다. 아우 역시 아직은 아무 탈이 없으니 이 역시 큰 다행으로 생각합니다. 아무쪼록 속히 왕림해 주시기를 바라옵나이다.

서로 만나기로 한 날이 되자 박씨는 화장을 곱게 하고 화려한 옷을 차려입었다. 머리에 화관을 쓰고 계화와 함께 약속한 장소에 가니, 그곳에는 이미 재상집 부인들이 모여 있었다. 박씨는 꽃가마에서 내려 누각에 올라 좌우를 둘러보았다. 여러 부인의 고운 얼굴과 산뜻한 차림새가 찬란한 빛을 뿜어내고 있어 마치 선녀의 무리를 보는 듯했다.

박씨를 보려고 애타게 기다리던 부인들은 마주 앉은 박씨를 자세히 살펴보았다. 옥 같은 얼굴에 구름 같은 머리카락은 동산에 솟는 달과 같고, 옷차림은 꽃이 그 얼굴을 가릴 정도였다. 여러 부인의 고운 태도가 박씨 부인 때문에 오히려 빛을 잃을 지경이니, 보는 사람 모두 탄복을 했다.

여러 부인이 좋은 술과 맛난 안주를 준비하여 앞다퉈 박씨에게 권

했다. 박씨가 이미 반쯤 취했는데도, 부인들은 박씨의 재주를 구경하려고 옥으로 만든 술잔에 술을 가득 부어 그녀에게 자꾸 권하는 것이었다. 그러자 박씨가 재주를 보이기 위해 거짓으로 술잔을 내리쳐 술을 엎질렀다. 박씨는 술에 젖은 치마를 벗어 계화에게 주었다.

"불꽃 가운데 넣어 태워라."

계화가 치마를 불에 넣으니, 치마는 여전하고 오히려 빛이 더 윤택해졌다.

"재를 털고 치마를 가져오너라."

계화가 가져온 치마를 박씨가 다시 입었는데, 그 치마 빛은 전보다 더 고와 황홀할 정도였다. 자리에 앉은 부인들이 놀라며 그 까닭을 묻자 박씨가 자세히 대답했다.

"이 비단 이름은 홍화단입니다. 더러워지면 물로는 씻지 못하고 불로 씻어야 한답니다. 그리고 이 비단은 불쥐의 털로 짰는데, 불쥐는 인간 세상에는 없고 선경에만 있다 합니다."

부인들이 거푸 물었다.

"입으신 저고리는 무슨 비단입니까?"

"이 비단 이름은 빙월단입니다. 우리 부친이 용궁에 들어가 얻어 온 것인데, 물에 넣어도 젖지 않고 불에 넣어도 타지 아니합니다. 이 역시 사람의 재주가 아니라 용녀의 솜씨입니다."

- **선경**(仙境) 신선이 산다는 곳.
- **용녀**(龍女) 용왕의 딸 혹은 용궁에 산다는 선녀.

모든 부인이 칭찬하며 앞다투어 박씨에게 술을 권했지만, 박씨는 받기를 사양했다. 여러 부인이 다시 권하자 박씨는 금봉채를 빼 들고 받은 술잔 가운데를 내리쳤다. 신기하게도 술잔이 반으로 갈라지는데, 술은 쏟아지지 않고 잔에 그대로 담겨 있었다. 박씨가 한쪽에 담긴 술을 마시고 나머지 한쪽은 상에 내려놓았다. 모든 부인이 술잔을 보고 신기해 하며 말했다.

"부인은 신선의 딸이라 하더니 과연 그렇습니다. 부인 같은 신선이 이렇게 속세에 내려와 우리와 우연히 만났으니, 이런 신기한 일은 옛날에도 없었습니다. 진시황, 한 무제도 만나지 못한 신선을 우리가 만났으니 어찌 즐겁지 않겠습니까?"

서로 봄의 흥취를 즐기며 글을 주고받고 또 노래로 화답하기도 했다. 놀이판이 무르익자 계화가 자리에서 일어났다.

"온갖 꽃이 피어 봄빛을 자랑하며 흥을 돋우고 있습니다. 이런 좋은 때를 맞아 저도 노래 한 곡조로 여러 부인을 즐겁게 해 드리고자 합니다."

자리에 함께한 부인들이 기특하게 여기며 노래를 재촉했다. 계화가 붉은 입술을 반쯤 열어서 노래를 불렀다. 맑은 노랫소리는 산호 비녀를 들어 옥쟁반을 치는 소리와도 같았다.

천지는 만물의 쉼터요
세월은 쉬지 않고 떠도는 나그네로다
뜬구름 같은 이 세상에
떠도는 인생이 꿈과 같구나
봄바람에 버드나무 가는 가지 늘어뜨리니
이 좋은 때에 아니 놀고 어찌하리
지난날 헤아리고 지금을 살펴보니
백대의 흥망은 봄바람에 흩날리는 그림자 되고
한때의 변화는 장자의 호접몽이라
청산의 두견화는 촉나라의 충성스러운 혼령이요
뜰 앞의 봄꽃은 왕소군의 눈물이로다
세상사 생각하니 인생이 덧없도다
구십춘광 좋은 때에 아니 놀지는 못하리라
어와 세상 사람들아
푸른 바다로 술을 빚어 오랜 세월 함께 즐기리라

- **금봉채**(金鳳釵) 머리 부분에 봉황의 모양을 새겨서 만든 금비녀.
- **장자**(莊子)**의 호접몽**(胡蝶夢) 장자는 중국 고대의 사상가. '호접몽'은 장자가 꿈에 나비가 되어 즐기는데 나비가 장자인지 장자가 나비인지 분간하지 못했다는 고사에서 온 말이다. 물아일체(物我一體)의 경지, 또는 인생의 무상함을 비유한다.
- **청산의 두견화**(杜鵑花)**는 촉나라의 충성스러운 혼령이요** 중국 촉나라 망제(望帝)가 억울하게 죽어 그 혼이 두견새, 즉 귀촉도가 되었는데, 두견새가 맺힌 한으로 피를 토하며 울 때 그 피가 땅에 떨어져 진달래 뿌리에 스며들어 꽃이 붉어졌다고 한다.
- **왕소군**(王昭君) 중국 전한 원제의 후궁으로 들어갔으나, 황제의 사랑을 받지 못하여 비관하다가 결국은 오랑캐의 아내로 뽑혀 갔다는 비운의 여인.
- **구십춘광**(九十春光) 석 달 동안의 화창한 봄 날씨.

분위기가 더욱 무르익어 갈 무렵 석양이 고개를 넘어가니, 사람 그림자는 흩어지고 새들 역시 숲으로 날아들었다. 이윽고 동녘에 달이 떠오르고 곧이어 파연곡 소리 울려 퍼져, 부인들도 자리를 파하고 모두 집으로 돌아갔다.

시백, 평안 감사가 되어 어진 정치를 베풀다

세월은 흐르는 물과 같이 지나갔다. 어느덧 상공도 나이가 들어 벼슬에서 물러나야 할 때가 되었다. 임금에게 이러한 뜻을 아뢰니, 임금이 이를 허락하고 대신 시백을 승지의 자리에 오르게 했다. 시백이 그 은혜에 깊이 감사하며 나라를 충성으로 섬기고 매사를 부지런히 처리했다. 이리하여 시백의 이름은 조정에 널리 퍼지게 되었다.

시백의 면면을 지켜보던 임금은 얼마 후 그에게 특별히 평안 감사를 제수했다. 시백이 여러 차례 사양했지만 임금이 허락하지 않았다. 결국 시백은 임금의 뜻을 받들기로 했다. 이 소식을 들은 상공 부부가 크게 기뻐하고 집안사람과 친척 들 역시 즐거워했다.

시백이 평양으로 떠나는 행차를 준비하면서 목수를 불러 쌍가마를 꾸미려 했다. 이를 본 박씨가 의아한 얼굴로 물었다.

“쌍가마는 꾸며서 무엇하시렵니까?”

“나 같은 사람을 평안 감사로 앉히시니 감당치 못할 듯하여 부인과 함께 가고자 합니다.”

박씨는 깜짝 놀랐다.

“남자가 세상에 나와 출세하고 이름을 날리면, 나라 섬길 날은 많고 부모 섬길 날은 적다 합니다. 하물며 나랏일에 몰두하시면 처자를 돌보기도 힘들 터인데, 제가 함께 가면 늙으신 부모님은 누가 모시겠습니까? 저는 집에 남아 양친 부모를 봉양하겠습니다. 대감께서는 충성을 다하여 나라를 도우십시오.”

시백이 들으니 그 말 한마디 한마디가 가슴을 찔렀다.

“나같이 불충불효한 사람이 천지에 어디 있겠습니까? 늙으신 부모님은 생각지도 않고 망령된 생각을 했습니다. 너무 탓하지 마시고 부모님을 극진히 모셔 남의 비웃음을 받지 않도록 해 주십시오.”

사당에 들어가 하직 인사를 드리고 다시 부모님께 인사를 드렸다. 이어 박씨에게 작별을 고하니 그 애틋한 정은 말로 표현할 수 없었다. 흐르는 눈물을 억지로 참고 평양 감영을 향해 나아갔다.

길을 떠난 지 여러 날 만에 시백은 평양에 도착했다. 즉시 고을의 사정을 샅샅이 살펴보니, 각 읍 관리와 수령들 중에 백성의 재물을 빼앗는 자가 많았다. 하급 관리들 역시 민가에 자주 나타나 그 폐단이 몹시 심했다. 백성들은 도탄에 빠져 있었으며 이로 인해 민심이 크게 흔들리고 있었다.

시백은 각 고을 수령의 잘잘못을 가려, 어질게 다스리지 못하는 수

령은 벼슬을 빼앗고 잘 다스리는 수령은 장계를 올려 중앙으로 승진하게 했다. 이렇게 한 뒤 백성들을 어질게 다스려 민심을 가라앉혔다. 시백이 감사가 된 지 일 년이 못 되어 모든 고을이 애써 공들이지 않아도 태평하게 되고 백성들은 앞다퉈 격양가를 불렀다.

이제야 살겠도다
요순 시절인가 나라가 태평하고 백성이 편안하구나
신농씨 만든 땅에 어서 바삐 농사지어
우리 부모 모시고 동기간 우애 있게 살아 보세
전날의 사또 백성들을 침탈하고 학대하니
무식한 백성들이 어찌 인의(仁義)를 알 것이며
효제충절(孝悌忠節)을 알겠는가
효자가 불효 되고 형제간 우애 없어
피붙이끼리 서로 싸워 이리저리 흩어지니
양민이 도적 되어 죽기만 바라는구나

- **승지(承旨)** 조선 시대 승정원에 속하여 왕명의 출납을 맡아보던 정삼품의 당상관.
- **감사(監司)** 관찰사(觀察使). 조선 시대 각 도의 으뜸 벼슬.
- **제수(除授)** 추천을 받지 않고 임금이 바로 벼슬을 주는 것.
- **쌍가마** 말 두 필에 각각 앞뒤 채를 얹고 가는 가마.
- **사당(祠堂)** 조상의 신주를 모셔 놓은 집.
- **장계(狀啓)** 왕의 명령으로 지방에 파견된 벼슬아치가 글로 써서 올리던 보고.
- **격양가(擊壤歌)** 중국 요(堯)임금 때, 늙은 농부가 땅을 두드리며 천하가 태평함을 노래했다는 이야기에서 생긴 말로, 세월이 태평함을 즐기는 노래를 말한다.
- **요순(堯舜) 시절** 요순은 고대 중국의 요(堯)임금과 순(舜)임금을 아울러 이르는 말이며, 태평 시절을 일컬을 때 요순 시절이란 말을 쓴다.
- **신농씨(神農氏)** 중국 옛 전설에 나오는 사람으로, 백성들에게 농사짓는 법을 처음으로 가르쳤다는 인물.

새로 오신 사또 충과 효를 갖추시고
의롭고 어질게 공사를 처리하시니
넓게 펼친 덕에 백성들 평안하도다
불효가 효자 되고 도적이 양민 되어
밤에도 사립문 걸지 않고
산에는 도적이 없어졌네
밤낮없이 농사일 힘써
재물 모아 부귀 누리며 사세
그 은혜 생각하면 백골이 된다 해도 잊을 수 없으리
생사당 지어 볼까 선정비 세워 볼까
우리 사또 착하시니
비석 세워 그 덕 길이길이 칭송하세
어와 백성들아 간단한 음식이라도 차려
우리 사또 은공 갚세
만세 만세 억만세로
우리 임금과 더불어 즐거움 누리세

- **생사당**(生祠堂) 지방관의 어진 정치를 기리어, 백성들이 그가 살아 있을 때부터 제사를 지내던 사당.
- **선정비**(善政碑) 훌륭한 정치를 베푼 관리의 덕을 기리기 위해 세운 비석.

이러한 소문은 이웃 고을로 전해져 멀리 조정에까지 흘러들었다. 임금이 이를 아름답게 여겨 병조 판서를 제수하고 시백을 한양으로 불러올렸다. 시백이 임금의 교지를 받고 즉시 행장을 꾸려 올라가려 할 때, 각 고을 수령과 백성들이 구름같이 모여들어 떠나는 감사를 전송했다. 이후로도 평양에서는 전임 감사를 칭송하는 소리가 한동안 그치지 않았다.

한양에 도착한 시백은 즉시 대궐에 들어가 임금께 감사의 절을 드렸다. 임금이 시백의 손을 잡고 크게 칭찬을 하며 수만 냥의 돈을 상으로 내렸다. 시백이 몇 번을 사양하다가 어쩔 수 없이 받아 가지고 집으로 돌아왔다. 먼저 부모님께 문안 인사를 드린 뒤 친척들을 모아 잔치를 베풀고 여러 날을 함께 즐겼다

어느 날, 나라에서는 병조 판서 이시백을 명나라에 사신으로 보내고자 했다. 시백은 임금에게 철마산성에 있는 임경업과 함께 가기를 청했다. 임경업은 총명할 뿐 아니라 영웅의 기상까지 갖추고 있었기 때문이다. 임금이 그의 청을 들어주어 시백은 경업과 함께 명나라의 수도인 남경으로 갔다. 명나라 천자는 이들을 극진히 영접했다.

이때 북방의 청나라는 가달의 난을 만나 몹시 위급한 상태에 놓여 있었다. 급히 명나라에 구원병을 청했지만 청병장을 구하지 못해 천자가 걱정을 하고 있었다. 이에 명나라 승상 황자견이 시백과 경업을 천자에게 추천했다.

"조선 사신 이시백과 임경업의 상을 보니, 비록 작은 나라의 인물이나 만고의 흥망과 천지의 조화를 은은히 감추고 있는 듯합니다. 원컨

대 이 사람들로 청병장을 삼아 호국을 구하게 하시옵소서."

천자가 시백과 경업 두 사람을 청병장에 앉히고 가달국에 들어가 싸우게 했다. 두 사람은 백 번을 싸우면 백 번을 이겨 결국 가달국을 물리쳤다. 산천이 떠나가도록 승전고를 울리며 남경으로 들어가니, 천자가 크게 칭찬하고 상을 후하게 주었다. 시백과 경업이 천자에게 하직하고 조선으로 들어오자, 임금 역시 이들을 기특하게 여기고 크게 칭찬했다.

"장한 일이로다. 작은 나라의 인물로 대국 원수가 되어 호국을 구하고 가달국에까지 위엄을 떨쳤구나. 이러한 영웅은 진실로 처음이다. 그대들로 인하여 우리 조선이 빛나게 되었도다."

임금은 즉시 두 사람의 벼슬을 높여 시백에게는 우의정을, 경업에게는 부원수를 맡게 했다.

즐거움이 다하면 슬픔이 찾아오는 법, 상공이 나이 팔십에 문득 병을 얻어 점차 위중해지니 온갖 약이 효력이 없었다. 상공이 다시 일어나지 못할 줄을 알고 부인과 시백 부부를 불렀다.

- **교지**(教旨) 조선 시대에 임금이 사품 이상의 벼슬아치에게 명령을 내리던 문서.
- **철마산성**(鐵馬山城) 경상남도 고성군 동해면 양촌리에 있는 옛 산성.
- **천자**(天子) 천제(天帝)의 아들이란 뜻으로, 천명을 받아 천하를 다스리는 사람. 곧 중국의 '황제'이다.
- **가달**(可達) 중국 북쪽 변방에 있던 오랑캐.
- **청병장**(請兵將) 요청받은 구원병의 대장.
- **승상**(丞相) 중국의 옛 벼슬 이름으로, 우리나라의 '정승'에 해당한다.

"내가 죽은 후라도 집안일을 가벼이 하지 말고 조상 모시기를 극진히 하거라."

이 말을 남기고 상공은 세상을 떠났다. 상공의 부인은 슬픔을 이기지 못하고 애통해 하다가 몇 달이 지나지 않아 상공의 뒤를 따랐다. 시백 부부는 일 년 사이에 하늘이 무너지는 고통을 두 번이나 당하게 되었다. 상례를 극진히 하여 선산에 안장한 뒤 삼년상을 마치니, 그 슬픔은 이루 말할 수 없었다.

기홍대, 조선에 잠입하다

한편, 시백과 경업의 도움으로 위기를 모면했던 청나라는 날이 갈수록 그 세력이 점점 커져 갔다. 본디 오랑캐 나라였던 청은, 지난날 조선 장수들의 도움으로 위기를 모면한 사실은 잊은 채 자주 조선을 침범하곤 했다. 임금이 이를 크게 걱정하여 임경업에게 의주 부윤을 맡겨침범하는 오랑캐들을 물리치게 했다. 임경업이 남다른 용맹으로 북방을 지키니, 제아무리 꾀 많은 오랑캐들이어도 쉽게 조선 땅을 범할 수가 없었다.

이에 오랑캐 왕은 조선을 치기 위해 여러 신하를 모아 의논했다.

"우리나라는 땅이 넓지만 조선 장수 임경업을 누를 사람이 없어 안타깝구나. 어떻게 하면 조선을 꺾을 수 있겠는가?"

여러 신하가 대답을 하지 못하고 그저 묵묵히 앉아 있을 뿐이었다.

오랑캐 왕의 부인은 여자이지만 견줄 데 없는 영웅이었다. 위로는 하늘의 이치에 통달하고 아래로는 땅의 이치를 꿰뚫어, 앉아서 천 리 밖의 일을 헤아리고 서서 만 리 밖의 일을 아는 재주를 가지고 있었다. 왕비가 왕에게 말했다.

"조선에 신기한 사람이 있습니다. 경업을 누른다 해도 조선을 치기 어려울 듯합니다."

오랑캐 왕은 크게 놀랐다.

"내가 평생 경업 꺼리기를 초패왕이나 관운장, 조자룡과 같이 했는데, 그보다 더한 사람이 있다 하니 어찌 조선을 엿볼 마음을 가지겠는가?"

오랑캐 왕이 탄식만 하고 있으니 왕비가 다시 말했다.

"방금 하늘의 징조를 보니 조선의 운세가 다하기는 했습니다만, 백만 대군을 보내도 그 신인을 잡기 전에는 조선을 넘보기 어렵습니다."

"좋은 계책이 없겠소?"

"먼저 자객을 보내어 그 신인을 없애야 할 것입니다."

- **부윤(府尹)** 조선 시대의 지방 관아인 부(府)의 우두머리.
- **초패왕(楚霸王)** 초패왕 항우는 산을 뽑아 올릴 듯한 힘으로 유방과 팔 년에 걸쳐 패권을 다투었다고 한다.
- **관운장(關雲長)** 중국 삼국 시대 촉나라의 무장 관우를 말한다. 관우는 조조에게서 벗어나 유비를 찾아갈 때 다섯 관문을 지키는 장수를 모두 베고 통과했다고 한다.
- **조자룡(趙子龍)** 유비가 백성을 이끌고 신양성에서 강하성으로 이동할 때 조조의 공격으로 군사가 뿔뿔이 흩어졌다. 이때 조자룡이 당양벌에서 유비의 아들을 품에 안고 조조의 십만 대군을 헤치고 장판교에 가서 장비를 만났다.
- **신인(神人)** 신과 같이 신통한 능력을 가진 사람.

"어떤 사람을 보내는 것이 좋겠소?"

"조선 사람은 재물을 탐내고 여자를 좋아한다고 합니다. 그러니 인물이 빼어나고 문장은 이태백과 왕희지 같으며 말솜씨는 옛날 육국을 달래던 소진과 장의 같은 여자를 고르십시오. 그 사람이 관우와 조자룡의 칼 솜씨를 넘어서고 제갈공명 같은 계책까지 가졌다면 반드시 성공할 수 있을 것입니다."

오랑캐 왕이 왕비의 말을 듣고 그런 재주를 가진 여자를 두루 구했다.

궁궐의 시녀 중에는 기홍대라는 계집이 있었다. 인물은 양귀비 같고 말솜씨는 소진과 장의를 비웃으며 검술 역시 당할 사람이 없었다. 거기에 용과 호랑이 같은 용맹까지 갖추고 있었다. 왕비가 기홍대를 오랑캐 왕에게 추천했다.

"기홍대는 검술과 용모가 빼어나고 지혜와 용기를 아울러 갖추었습니다. 그를 조선에 보내는 것이 좋을 듯합니다."

오랑캐 왕이 크게 기뻐하며 기홍대를 불렀다.

"너의 빼어난 인물과 지혜, 그리고 용기는 내 이미 알고 있었다. 조선에 가서 성공을 할 수 있겠느냐?"

"소녀가 비록 재주는 없지만, 나라의 은혜가 끝이 없으니 물불인들 어찌 피하겠습니까?"

"조선에 나가 신인의 머리를 베어 온다면 천금의 상을 내릴 것이며, 아울러 너의 이름을 역사에 남겨 길이 전하도록 하겠노라."

"제 평생의 소원은 폐하의 근심을 덜어 드리는 것이옵니다. 대왕의 분부가 이와 같으시니 어찌 한 치의 실수라도 있겠습니까? 조선에 나가 신인의 목을 한칼에 베어 폐하의 근심을 풀어 드리겠습니다."

왕이 기특하게 여기고 백 번을 다시 당부하여 보냈다. 기홍대가 왕에게 하직 인사를 드리고 나오니, 왕비가 기홍대를 불러 조선의 언어와 풍속을 가르친 뒤 당부를 했다.

"조선의 장안에 들어가 우의정 집을 찾아가면 자연 신인이 있는 곳을 알 것이다. 문답을 여차여차한 뒤 재주를 헛되이 쓰지 말고 신인을 유인하여 머리를 베도록 해라. 돌아오는 길에는 의주에 들어가 임경업의 머리를 마저 베어 가지고 오너라. 부디 조심해서 나랏일을 그르치지 말라."

기홍대는 왕비의 당부를 명심하며 행장을 차려 조선 국경을 넘었다.

• **소진(蘇秦)과 장의(張儀)** 뛰어난 말솜씨와 외교술을 지닌 중국 전국 시대 중엽의 인물들.

이때 박씨는 홀로 피화당에 나와 있다가 문득 하늘을 보고 놀라 급히 시백을 불렀다.

"아무 달 아무 날에 어떤 계집 하나가 집으로 들어올 것입니다. 그런데 대감께서 그 여자의 아름다운 모습에 빠져 잠자리에 같이 든다면 큰 화를 당할 것입니다. 부디 가까이하지 마시고 피화당으로 인도하여 보내십시오. 제가 할 말이 있습니다."

시백이 가볍게 웃었다.

"부인의 말씀이 우습소. 장부가 어찌 조그만 계집의 손에 몸을 바친단 말이오?"

박씨가 눈썹을 찡그렸다.

"대감께서 제 말을 못 믿으시겠거든 그 계집을 후원으로 보낸 뒤 그 뒤를 따라 들어와 보십시오. 와서 그 계집이 말하는 것을 자세히 들으면 자연 아실 것입니다."

시백이 돌아간 뒤 박씨는 계화를 불렀다.

"삼씨 두 되와 쌀 서 말로 각각 술을 빚고 안주를 많이 준비해 두어라. 아무 때라도 내가 어떤 여자를 데리고 와 술을 가져오라 하거든, 그 여자에게는 독한 술을 권하고 내게는 순한 술을 권해라."

부인이 말한 그날이 되었다. 아니나 다를까, 한 여인이 화려한 차림새로 집에 들어와 시백에게 문안을 드렸다. 시백이 그 모습을 자세히 보니 절세가인이요 요조숙녀였다.

"너는 어떤 여자이기에 남자들만 거처하는 곳으로 당돌하게 들어왔느냐?"

"소녀는 시골에 사는 천한 기생이옵니다. 상공의 이름이 시골에까지 자자하기에 한번 뵙고자 험한 길을 찾아왔습니다."

"사는 곳이 어디며 이름은 무엇이라고 하느냐?"

"소녀는 강원도 회양 땅에 사는데, 어려서 부모님을 여의고 떠돌아 다니다가 우연히 고을 관리에게 잡혀 기생이 되었습니다. 성은 모르고 이름은 설중매라 하옵니다."

시백이 그 여인의 거동을 찬찬히 살펴본 뒤 사랑으로 오르게 했다. 여인은 황송해 하며 몇 번 사양하다가 올라와 자리를 잡고 앉았다. 시백이 여인과 함께 이야기를 나누는데, 그 말솜씨는 흐르는 물과 같고 생각은 바다와 같이 넓었다. 시백 역시 글솜씨와 말재주가 남에게 뒤지지 않았지만, 이 여인은 능히 당하지 못할 듯했다.

"장안에도 뛰어난 문장가들이 많지만 너 같은 계집은 찾지 못하겠구나. 시골의 천한 기생이 되기는 참으로 아깝도다."

못내 탄복하며 여인의 인물과 말솜씨를 칭찬하다가, 문득 박씨가 하던 말을 떠올리며 정신을 가다듬었다.

"해가 서산으로 넘어가고 달이 떠올라 밤이 깊었구나. 후원 피화당에 들어가 편히 쉬도록 하라."

시백의 말에 여인은 당황하며 급히 절을 했다.

"천한 기생의 몸으로 이미 이렇게 상공 앞에 이르렀으니, 오늘 밤은 사랑에 거처하며 상공을 모실 수 있도록 해 주십시오."

"나도 너와 같이 하룻밤을 함께 지내고 싶은 마음이 간절하다. 하지만 오늘은 급히 처리해야 할 나랏일이 있고 또 관원들이 올 것이기 때문에 함께 있을 수가 없구나. 뒷날 다시 너와 동침할 약속을 할 것이니, 섭섭하게 생각하지 말고 내당에 들어가 편히 쉬도록 하라."

"소녀같이 미천한 몸이 어찌 하룻밤이라도 존귀한 부인과 함께 지낼 수 있겠습니까? 천만부당하신 분부이옵니다."

"네 말도 일리가 있다만, 너도 여잔데 부인과 함께 머무르는 것이 무슨 허물이겠느냐?"

시백은 즉시 계화를 불러 분부를 내렸다.

"이 여인을 데리고 가 피화당에서 편히 쉴 수 있게 하거라."

계화가 여인을 데리고 피화당으로 들어갔다. 박씨는 그 여인을 자리에 앉히고 물었다.

"그대는 어떤 사람이기에 내 집에 찾아왔는가?"

"소녀는 시골의 천한 기생인데 상공의 높은 이름을 듣고 이 댁까지 오게 되었습니다. 황송할 따름입니다."

"그대의 모습을 보니 평범한 사람은 아니로구나. 하지만 헛되이 힘만 허비하고 내 집에 부질없이 찾아왔도다."

말을 마친 박씨가 계화를 불렀다.

"손님이 왔으니 술과 안주를 들이거라."

계화가 맛난 술과 안주를 갖추어 들이고, 독한 술과 순한 술을 구분하여 놓았다. 독한 술은 그 여인에게 권하고 순한 술은 부인에게 드렸다. 여인은 먼 길을 오느라 피곤하고 또 갈증이 심하던 차라 술을 보고 조금도 사양하지 않았다. 한 말 술을 두어 번에 다 마시고 한 그릇의 안주를 한입에 다 먹었다. 박씨 역시 그 여인과 같이 먹고 마셨다.

문틈으로 동정을 엿보던 시백과 집안사람들은 이를 보고 크게 놀랐다. 독한 술을 맘껏 마신 여인은 이윽고 크게 취했다.

"소녀가 먼 길을 오느라 노곤한 중에 주시는 술을 마시고 크게 취했습니다. 베개를 내려 잠시 쉴 수 있도록 해 주십시오."

여인의 말에 박씨가 베개를 내려 주어 쉬게 했다. 여인은 베개를 받아 들고 생각했다.

'우의정 집을 찾아가면 자연히 알 것이라고 왕비께서 말씀하셨지. 하지만 아까 상공의 상을 보니 그저 어질 뿐이고 별다른 재주는 없는 듯했다. 다만 부인이 평범한 인물로 보이지 않는구나. 비록 여자이지만 술과 안주를 먹는 모습을 보니 예사롭지 않고, 문장 역시 내가 따를 수 없을 것 같구나. 그래, 이 사람이 곧 신인이다. 이 사람을 살려 두고서야 우리 임금이 어찌 조선을 칠 수 있겠는가. 계책을 만들어 이 사람을 먼저 죽여야겠구나. 그러면 임금의 급한 근심도 풀리고 내 이름도 길이 전할 수 있겠지.'

이같이 속으로 기뻐하며 박씨에게 청했다.

"밤이 깊었으니 이제 잠을 자고 싶습니다."

박씨가 허락하자 여인은 침상에 누워 잠이 들었다. 박씨도 자리에 눕는 체하며 그 잠든 모습을 몰래 훔쳐보았다. 그런데 그 여인은 기이하게도 한쪽 눈을 뜨고 잠들어 있더니, 뒤이어 다른 눈마저 번쩍 떴다. 그 눈 속에서 불덩이가 쏟아져 나와 방 안을 떠돌아다녔다. 잠들어 있는 여인의 숨결은 점점 거칠어져 방문이 열릴 듯 닫힐 듯, 사람의 정신을 어지럽게 했다. 실로 천하 명장의 모습이었다.

'내 비록 나이가 젊지만 이 같은 여장사(女壯士)는 처음 보는구나. 놀라운 일이로다.'

박씨가 일어나 그 여인의 행장을 가만히 열어 보았다. 다른 것은 없고 조그마한 칼 하나가 있는데, 자세히 살펴보니 주홍 글씨로 '비연도'란 이름을 새겨 놓은 것이 보였다. 박씨가 그 칼을 만지려 하자 칼이 홀연 나는 제비로 변하더니, 천장으로 솟구쳐 오르며 박씨를 해치려 달려들었다. 박씨가 급히 주문을 외자 칼이 더 이상 변화하지 못하고 슬그머니 바닥에 떨어져 버렸다. 박씨가 칼을 집어 들고 벼락같은 고함을 질렀다.

"천하에 간사한 오랑캐 나라의 요물 기홍대야! 너는 잠을 깨어 나를 보라."

천지가 무너질 듯한 호통 소리에 기홍대는 잠에서 깨어났지만, 혼이 달아난 듯하고 간담이 서늘하여 어찌할 줄을 몰랐다. 겨우 정신을 차리고 고개를 드니 부인이 칼을 들고 앉아 있었다. 그 모습은 마치 홍문연 잔치에 뛰어든 번쾌가 머리카락을 곤두세우고 눈초리가 찢어지도록 노려보는 것 같았다. 감히 말을 하지 못하고 한동안 앉아 있다가 겨우 입을 열었다.

"부인께서 어찌 소녀를 아십니까?"

박씨가 눈을 부릅뜨고 다시 꾸짖었다.

• **홍문연(鴻門宴) 잔치에 뛰어든 번쾌** 항우가 십만 군사를 홍문에 집결하고 유방을 죽이려 했을 때, 유방의 부하 번쾌가 이를 막아 냈다는 고사에서 유래한 말.

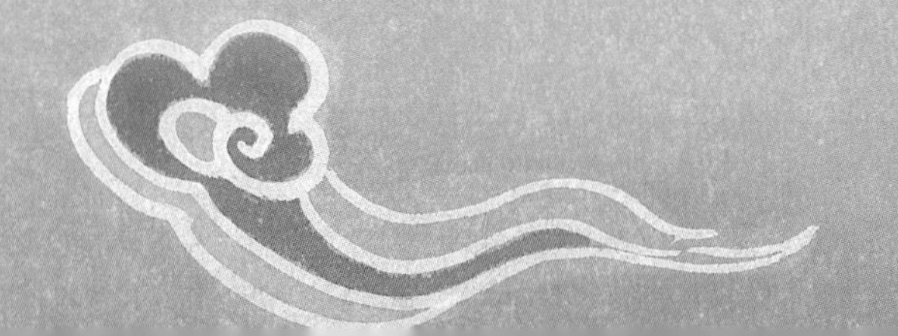

"예의 바르고 당당한 우리나라를 해하려고 찾아온 네가 어찌 살기를 바라겠느냐? 나는 비록 여자이지만 너희의 간사한 꾀에 속지 않을 것이다."

다시 비연도로 기홍대를 겨누며 말했다.

"이 짐승 같은 오랑캐야! 내 말을 명심해서 들어라. 우리 대감께서는 왕명을 받들어 임경업과 함께 남경에 사신으로 들어간 일이 있었다. 그때 너희 나라가 가달의 난을 만나 망할 지경에 빠져 대국에까지 군사를 청하지 않았느냐? 천자께서 이를 불쌍히 여겨 우리 대감과 임경업을 청병장으로 삼아 너희 나라를 구하게 한 일은 너도 잘 알 것이다. 그 은혜를 갚자면 태산이 가볍고 바다가 얕을 터인데, 은혜 갚기는 고사하고 오히려 너 같은 요물을 보내어 나를 해치고자 하는구나. 너희들의 괘씸한 소행을 생각하니 분이 풀리지 않는다. 한시 바삐 너를 죽여야겠다."

말을 마친 박씨가 비연도를 들고 달려들자 기홍대가 황급히 피하면서 생각했다.

'이런 영웅을 만났으니 성공은 고사하고 목숨을 보전하기도 힘들겠구나.'

기홍대가 슬픈 목소리로 애걸했다.

"부인 앞에서 어찌 한 말씀이라도 거짓을 고하겠습니까? 소녀가 여러 가지 천한 재주를 가진 탓으로 임금의 명을 거역하지 못해 이 같은 죄를 범하였으니, 그 죄 씻을 길이 없을 듯하옵니다. 다만 하늘이 밝으시고 신령이 도우셔서 다행히 부인 같은 영웅을 만났습니다. 이제

저의 실낱같은 목숨이 부인의 칼끝에 달려 있으니, 원컨대 소녀의 목숨을 살려 고국으로 돌아갈 수 있게 해 주십시오. 소녀가 이러한 말씀을 국왕께 자세히 말하여 다시는 외람된 마음을 먹지 않도록 하겠습니다. 소녀의 죄 비록 크다 하나 이렇게 된 것은 순전히 왕명 때문이옵니다. 널리 통촉해 주시옵소서."

"지난날의 은혜를 배반하고 우리 조선을 이처럼 업신여기는 것으로 보아 너의 임금은 참으로 짐승과 같구나. 나라의 힘이 강해졌다고 어진 인재를 해치려 하다니, 이것이 바로 범을 길러 후환을 만드는 것과 무엇이 다르겠느냐? 너 같은 요물의 목숨을 상대하고 싶은 마음은 추호도 없다. 하지만 네 이미 나를 해치고자 한 터, 결코 살아서 돌아가지 못할 것이다."

기홍대가 급히 땅바닥에 엎드려 사죄하며 누누이 애걸했다. 가련한 이 모습에 부인은 잠시 분을 가라앉히고 칼을 멈추었다.

"짐승 같은 너희 왕이 한 일을 생각하면 당장 네 목을 베어 분한 마음을 조금이라도 풀어야 하겠다. 하지만 내가 사람 죽이는 것을 좋아하지 않고 또 너의 임금이 조선을 치려는 뜻을 아직 고치지 않았기에 너를 살려 보내는 것이다. 돌아가거든 네 임금에게 내 말을 자세히 전하라. 조선은 비록 작은 나라이지만 인재를 헤아리면 영웅호걸과 천하 명장이 수도 없이 많아, 나 같은 사람은 오히려 수레에 싣고 말로 잴 지경이다. 너희 왕이 왕비의 말을 듣고 너를 인재로 뽑아 보냈으나, 진정한 조선의 영웅호걸을 만나기 전에 나를 만났기 때문에 살아 가는 것이다. 돌아가거든 왕에게 똑바로 전하여 이후에는 외람된 뜻을 두지 말고 하늘의 뜻을 따르도록 하라. 만일 그렇지 않으면 내 비록 재주는 없지만 영웅과 명장을 모으고 군사를 일으켜 너희 나라를 칠 것이다. 그러면 죄 없는 군사와 불쌍한 백성들이 씨도 없이 사라질 것이니, 부디 하늘의 뜻을 어기지 말고 순종하도록 하라."

말을 마친 부인은 하늘을 우러러 길게 탄식했다.

"나라의 운세가 불행한 탓이로구나. 누구를 원망하겠는가."

그 모습을 보던 기홍대가 일어나 사례를 했다.

"부인의 은혜를 입어 죽을 목숨을 보전하게 되었으니, 그저 은혜에 감사할 따름입니다."

기홍대는 부끄러움을 머금고 하직 인사를 드린 뒤 밖으로 나왔다. 급히 돌아가려고 사면을 방황했지만, 날이 샐 때까지 밖으로 나가는 길을 찾을 수가 없었다.

"큰일을 꾸미려고 만 리를 지척으로 삼아 조선에 왔는데, 성공은 고사하고 근본만 탄로 나 버렸구나. 이제 목숨마저 부지하기 어려운 상황이 되었으니, 이렇게 죽게 될 줄 어찌 알았겠는가?"

구슬피 탄식하고 있는데 문득 박씨가 나타나 호통을 쳤다.

"어찌하여 너는 아직까지 가지 않고 그대로 있는 것이냐?"

기홍대가 얼른 땅에 엎드렸다.

"부인의 은혜를 입어 요행히 돌아가고자 했으나, 사면이 층암절벽이라 갈 길을 찾지 못하고 있습니다. 바라건대 부인께서 길을 인도하여 무사히 돌아갈 수 있도록 해 주소서."

"너를 그냥 보내면 필시 임 장군을 해치고 갈 것 같아 이렇게 내 재주를 보였다. 이제 다른 생각 말고 즉시 너희 나라로 돌아가거라."

박씨의 말을 듣고서야 기홍대는 겨우 그 자리를 떠날 수 있었다.

이러한 모습을 지켜본 시백은 깜짝 놀랐다. 날이 밝자마자 대궐에 들어가 임금께 사연을 자세히 아뢰니, 임금과 신하들 역시 크게 놀랐다. 임금은 즉시 경업에게 밀지를 내렸다.

"오랑캐 나라의 기홍대라는 계집이 우리나라에 와서 이러이러한 일을 저질렀다. 혹 그런 계집이 장군을 찾아가 유인하거든 각별히 조심하고 알아서 방비하도록 하라."

임금이 또 박씨의 신기한 계책에 탄복하며 크게 칭찬하고, 충렬부인(忠烈夫人)의 칭호를 내린 뒤 일품 벼슬아치에게 내리는 녹을 상으로 내렸다.

"만일 경의 아내가 아니었다면 큰 화를 당할 뻔했도다. 흉악한 도적이 우리나라를 엿보고자 이런 일을 꾸몄으니 어찌 원통하지 않겠는가? 이후 도적의 사정을 잘 살펴보고 낱낱이 말하도록 하라."

시백이 머리를 조아리며 나라를 위해 목숨을 바칠 것을 다시 한 번 다짐했다.

- **밀지**(密旨) 임금이 신하에게 비밀히 내리는 명령.
- **녹**(祿) 녹봉(祿俸)의 준말. 나라에서 벼슬아치에게 내리는 봉급.

치욕의 역사 병자호란

명분이냐 실리냐, 그것이 문제로다

조선을 침략하려는 청의 야욕이 현실로 드러나고, 전쟁은 시시각각 조선을 옥죄어 왔습니다. 소설 《박씨전》은 이렇듯 병자호란을 배경으로 하고 있지요.
《박씨전》의 배경이 된 병자호란은 과연 어떤 전쟁이었는지, 중국과의 국제 관계를 중심으로 병자호란을 둘러싼 역사를 함께 살펴봅시다.

1616년 광해군의 탁월한 중립 외교

17세기 초반 중국 대륙에서는 여진족이 세력을 길러 후금을 건국하고 명에 대항했습니다. 후금은 계속하여 명나라를 위협했고, 명은 이를 방어하기 위해 조선에 파병을 요구합니다. 조선의 15대 왕 광해군은 명이 점점 쇠퇴하고 후금이 강성해지는 정세 변화에 주목하고 신중하게 대응했습니다. 파병을 하되 곧바로 후금에 항복하는 형식을 취해 두 나라 모두의 심기를 건드리지 않는 탁월한 중립 외교를 펼친 것입니다.

1623년 명분이냐 실리냐

1623년, 인조와 서인들은 광해군이 임진왜란 때 조선을 도운 명의 은혜를 무시하고 오랑캐국인 후금과 외교 관계를 맺었다며 인조반정을 일으켜 광해군을 폐위시킵니다. 인조반정 이후 왕위에 오른 인조는 전통적 외교 노선인 친명배금 정책을 펼쳤습니다. 이는 명나라를 능가하는 군사 강국으로 성장한 후금을 자극했고, 결국 후금은 1627년 조선을 침공하여 정묘호란을 일으킵니다. 갑작스런 전쟁에 당황한 조선 조정은 후금과 형제 국가임을 골자로 하는 강화를 맺고서야 겨우 전쟁이 확대되는 것을 막을 수 있었습니다. 그러나 이후에도 조정은 계속 명분을 앞세운 외교 정책을 고수했으며, 이는 후금을 더욱 자극했습니다.

1636년 병자호란이 일어나다

1636년 12월, 후금은 국호를 청으로 바꾸고 중국 중원 지배의 야망을 현실화하면서 조선 침공에 나섭니다. 인조와 조정 대신들은 손도 써 보지 못한 채 급히 남한산성으로 피난했습니다.

1637년 치욕의 역사, 삼전도

1637년 1월 30일, 산성에서의 격론 끝에 인조는 항복을 주장하는 신하들의 의견을 받아들여 남한산성을 내려와 삼전도(지금의 송파구 삼전동)로 향합니다. 그곳에서 인조는 세자와 대신들이 지켜보는 가운데 청나라 군사의 호령에 따라 청 태종에게 세 번 절하고 아홉 번 머리를 조아리는 항복 의식을 치렀습니다. 이것이 바로 우리 역사에서 가장 굴욕적인 항복으로 전해지는 '삼전도의 치욕'입니다.

삼전도에 나아갔다. (……) 용골대가 들어가 보고하고 나와서 청 태종의 말을 전했다. "지난날의 일을 말하려 하면 길다. 이제 용단을 내려 왔으니 매우 다행스럽고 기쁘다." 왕(인조)이 대답했다. "천은이 망극합니다." 용골대 등이 데리고 들어가 단 아래에 북쪽을 향해 자리를 마련하고 왕에게 나아가기를 청했다. 청나라 사람을 시켜 큰 소리로 소리치게 했다. 왕이 세 번 절하고 아홉 번 머리를 조아리는 예를 행했다. _《인조실록》

서울시 송파구 잠실동에 남아 있는 삼전도비.

1645년 포로로 끌려간 소현 세자

전쟁이 끝난 뒤에 소현 세자와 봉림 대군 형제를 비롯한 수많은 사람이 청으로 끌려갔습니다. 또한 청에 해마다 엄청난 공물을 바쳐야 했습니다. 이로 인한 반청 감정은 극에 달했으며, 청과의 전쟁을 준비해야 한다는 주장이 서서히 일어났습니다.

한편 소현 세자는 청에 포로로 끌려가 있으면서 그들의 군사적인 위용과 문화 대국으로 성장해 가는 잠재력을 읽어 냈습니다. 그는 전쟁을 준비하기보다 실력을 기르는 것이 먼저라고 생각했습니다. 그러나 인조를 비롯한 조정 대신들은 이러한 소현 세자에게 곱지 않은 시선을 보냈고, 얼마 뒤 소현 세자는 의문의 죽임을 당하고 맙니다.

1649년 북벌론의 허상

왕위는 인조의 둘째 아들이자 소현 세자의 동생인 봉림 대군(효종)에게 이어졌습니다. 봉림 대군은 선왕 인조의 치욕을 대신 갚기 위해 청을 물리쳐야 한다는 '북벌'을 국시로 삼습니다. 그러나 북벌의 꿈은 쉽게 이룰 수 있는 것이 아니었습니다. 청의 감시가 심했고, 전쟁 준비를 하기엔 백성들의 생활이 너무 어려웠지요. 그럼에도 서인들은 북벌을 계속 주장했습니다. 그것이 전쟁을 불러온 책임을 회피하고, 자신들의 집권을 연장하는 데 도움이 되었기 때문입니다.

1659년 역사의 뒤안길로 사라진 북벌

효종은 북벌에 혼신의 힘을 쏟다가 그 꿈을 이루지 못한 채 1659년에 세상을 떠납니다. 효종이 죽자 북벌론은 그 논의 자체가 수그러들었으며, 결국 북벌 계획으로 인한 재정적인 부담만 남고 말았습니다.

환향녀의 슬픔

조선 시대, 거듭되는 전쟁 속에서 누구보다 큰 고통을 겪어야 했던 것은 바로 여인들이었습니다. 임진왜란과 정묘호란 때에도 그랬고, 병자호란에 패배한 뒤에도 많은 조선의 여인이 청나라에 포로로 잡혀가야 했지요. 전쟁을 일으킨 것은 남성이지만, 그 최대의 희생자는 여성이었던 것입니다.

병자호란이 끝나고 난 후 포로로 간 여인들은 청이 요구하는 몸값을 치러야 돌아올 수 있었습니다. 그러나 이를 지불할 능력이 없어 돌아오지 못하거나 아예 목숨을 끊는 여성들도 많았다고 합니다.

하지만 고향에 돌아온 여성들의 처지도 별반 다를 것이 없었습니다. 조정에서는 이들이 몸을 더럽힌 수치감에 자결하거나 집에 돌아가기를 포기할까 염려하여 도성 밖 홍제동 개울에서 몸을 씻게 한 후, 그것으로 모든 치욕을 씻은 것으로 삼았지요. 그래서 이후 이 여성들의 정절 여부를 묻지 못하도록 했습니다.

그러나 이들은 정절을 잃고도 고향에 돌아왔다 하여 '환향녀(還鄕女)'라 불리면서 치욕을 감수해야 했습니다. 특히 정절을 신봉하던 사대부가에서 그들을 순순히 받아들일 리 없었지요.

환향녀의 남편들은 국가에 이혼을 요구했습니다. 조선 시대에는 왕의 허락을 받아야 이혼을 할 수 있었는데, 인조는 선대의 왕들과 마찬가지로 이를 허락하지 않았습니다. 대신 첩을 얻도록 절충안을 제시하여 양반 남편들 모두 첩을 얻는 해프닝이 벌어지기도 했지요.

끝까지 이혼을 청구하여 허락을 받아 낸 남편들도 있는데, 영의정 장유의 집안에서는 며느리가 환향녀인 것이 이혼의 사유가 되지 않자, 시부모에게 불손하다는 칠거지악의 이유를 붙여 이혼을 허락받았습니다.

이렇듯 전쟁이 끝난 후 조선에 돌아온 여인들은 절개를 잃은 부도덕한 여인으로 낙인 찍혀 순탄치 못한 인생을 살아야 했습니다. 행실이 나쁜 여자를 비속하게 이르는 '화냥년'이라는 말도 바로 이 '환향녀'에서 유래되었다고 하니, 당시 여인들이 당한 설움이 어떠했는가를 충분히 짐작할 수 있습니다.

오랑캐, 조선을 침략하다

기홍대가 자기 나라로 돌아가니 오랑캐 왕이 반갑게 불렀다.

"그래, 일은 성공하고 왔느냐?"

"소녀가 폐하의 명을 받고 만리타국까지 갔지만, 성공은 고사하고 목숨도 보전하지 못할 뻔했습니다."

오랑캐 왕이 의아한 기색으로 다시 물었다.

"그게 무슨 말이냐?"

"천하의 영웅 박씨를 만나 타국의 원혼이 될 뻔했는데, 소녀가 누누이 애걸하여 겨우 살아왔습니다. 또한 박씨는 저를 살려 보내면서 폐하에게 무수히 욕을 했습니다. 박씨는 대왕께서 배은망덕하여 지난날 은혜를 모른다 하면서 짐승과 다를 바가 무엇이냐고 물었습니다. 또다시 분수에 넘치는 뜻을 둔다면 이번에는 군사를 거느리고 우리나라에 들어와 나라를 멸망시키겠다는 말까지 했습니다. 그리고 이 모든 것을 대왕께 전하라 했나이다."

"네가 부질없이 나가서 성공은 고사하고 우리 계책만 탄로 내고 말았구나."

오랑캐 왕이 화가 나서 기홍대를 크게 꾸짖은 뒤 왕비를 불렀다.

"기홍대가 조선에 나가서 신인과 명장을 죽이지는 못하고 오히려 우리의 계획만 탄로 내고 말았소. 이제 조선을 치기가 더 어렵게 되었으니, 어떻게 하면 좋을지 모르겠소."

"제게 좋은 생각이 있습니다. 그대로 해 보십시오."

"무슨 생각이오?"

"조선에는 분명 신인과 명장이 있습니다. 하지만 조정에 간신이 있어 신인의 말을 듣지 않을 것입니다. 이제 대왕께서는 군사를 일으켜 조선을 치되 북으로 가지 말고 바로 동해를 건너십시오. 그 길을 따라 들어가 조선국 동대문을 깨뜨리고 장안을 치면 쉽게 조선을 손에 넣을 수 있을 것입니다."

이 말을 들은 오랑캐 왕이 크게 기뻐하며 한유와 용골대를 대장으로 삼고, 날랜 군사 십만을 주어 조선을 치게 했다.

"이제 조선 땅을 치기 위해 경들을 택하여 보내니, 부디 온 힘을 다하여 성공하도록 하라. 북으로는 가지 말고 동으로 가서 동대문을 깨고 들어가 장안을 몰아치면 큰 공을 이룰 것이다. 경들은 반드시 성공하고 돌아와 이름을 길이 전하도록 하라."

두 장수가 머리를 조아려 하직 인사를 드리고 나오니 이번에는 왕비가 이들을 불렀다.

"대왕의 말씀을 어기지 말고, 반드시 동으로 조선에 들어가도록 하라. 그리고 조선 땅에 들어가거든 바로 힘 있는 군사를 뽑아 의주와 한양 중간에 매복시켜 의주 부윤 임경업이 도성과 서로 통하지 못하게 해야 한다. 또 한양으로 들어가거든 우의정의 집은 침범하지 마라. 그 집 후원에 피화당이 있고 그 주변에는 신기한 나무가 무성하게 자라 있을 것이다. 만일 피화당을 침범하면 성공은 고사하고 목숨을 보전치 못할 것이니 각별히 명심하도록 하라. 아무쪼록 성공을 거두고 무사히 돌아오기를 바라노라."

두 장군은 곧장 십만 대병을 거느리고 행군을 시작했다. 동해를 건너 바로 도성으로 향하면서 중간중간에 봉화를 끊고 물밀듯 내려왔다. 그러나 수천 리 떨어진 조정에는 이 사실을 아는 이가 아무도 없었다.

충렬부인 박씨는 어느 날, 피화당에서 하늘의 기운을 살피다가 깜짝 놀라 시백을 불렀다.

"북방 오랑캐가 조선 땅으로 침범해 들어오고 있습니다. 급히 의주 부윤 임경업을 불러 동으로 오는 오랑캐를 막게 하십시오."

부인의 갑작스러운 말에 시백 역시 크게 놀랐다.

• 도성(都城) 한 나라의 도읍지가 된 성. 여기서는 한성을 말한다.

"도적이 우리나라에 들어온다 해도 북쪽으로 들어와 의주부터 칠 것이오. 그런데 의주 부윤을 불러올리라니, 대체 그게 무슨 말이오? 만약 북쪽을 비워 두었다가 오랑캐들이 북도를 빼앗으면 나라가 더 위태해지지 않겠소? 부인은 무슨 까닭으로 북을 버리고 애써 동을 막으라 하시오?"

"오랑캐는 원래 간사하고 꾀가 많습니다. 북쪽의 임 장군이 두려워 감히 의주는 침범하지 못할 것이기 때문에 동으로 오는 것입니다. 동해를 건너 동대문을 깨뜨리고 장안을 치려 하는 것이지요. 부디 제 말을 허투루 듣지 마시고 속히 임금께 말씀드려 방비하도록 하십시오."

시백이 크게 깨닫고 급히 임금께 나아가 부인이 한 말을 자세히 전했다. 임금이 깜짝 놀라 신하들을 불러 모았다.

"북쪽 오랑캐들이 본래 꾀가 많으니 충렬부인의 말이 옳은 듯합니다. 부인의 말대로 임경업을 불러 동으로 오는 도적을 막는 것이 좋을 것입니다."

좌의정 원두표가 말을 마치기도 전에 한 재상이 얼굴빛을 바꾸며 앞으로 나왔다.

"당치 않은 이야기입니다. 북방 오랑캐가 임경업에게 여러 번 패배했는데 무슨 힘으로 우리나라를 엿보겠습니까? 설령 군사를 일으킨다 해도 반드시 의주로 들어올 것인데, 의주를 비워 둔 채 임경업을 부르다니요? 만일 그렇게 한다면 오랑캐가 쳐들어와 여러 고을을 빼앗고 도성을 범할 것입니다. 그 지경이 되면 누가 당할 것이옵니까?

국가의 흥망이 걸린 문젠데, 어찌 요망한 계집의 말만 듣고 중요한 곳을 버릴 수 있겠습니까? 지금 도적을 막으려면 의주를 굳게 지키는 것이 옳습니다. 그런데도 망령되게 동쪽을 막으라 하니, 이는 나라를 망하게 하려는 술책입니다. 그 사악한 마음이 두려울 뿐이옵니다."

임금이 고개를 저었다.

"충렬의 재주가 남다르다는 것을 짐이 경험한 바 있으니 어찌 요망하다고 하리오. 그 말을 따라 동쪽을 지키는 것이 옳을 것이오."

임금의 말에 그 재상이 다시 목소리를 높였다.

"지금은 시절이 태평하고 풍년이 들어 백성들이 편안하게 살아가고 있으며 곳곳에 격양가 소리가 높습니다. 이러한 태평 시절에 요망한 계집의 말만 듣고 나라를 뒤흔드는 것은 백성의 마음만 요란케 할 뿐이옵니다. 원컨대 요망한 계집을 국법으로 엄하게 다스려 민심을 가라앉히소서."

이렇게 왕의 뜻을 가로막는 이는 다름 아닌 영의정 김자점이었다. 소인을 가까이하고 군자를 멀리하며 제 마음대로 국정을 처리했지만, 여러 신하는 그 권세를 두려워하여 감히 한마디도 하지 못했다.

임금은 결정을 내리지 못하고 조회를 파했다. 시백도 더 항거하지 못하고 속으로만 분해 할 따름이었다. 집에 돌아와 부인에게 대궐에서 있었던 일을 자세히 전하니, 박씨가 하늘을 우러러 탄식했다.

"슬프다. 오래지 않아 오랑캐가 도성을 침범할 터인데, 간신이 권세

• **북도(北道)** 경기도 북쪽에 있는 도. 곧 황해도, 평안도, 함경도를 아울러 이르는 말.

를 잡아 나라를 위태롭게 하는구나. 이 어찌 분한 일이 아니겠는가. 이제라도 급히 임경업을 불러 도적이 들어오는 길에 매복했다가 냅다 치면 오랑캐 물리치기는 어렵지 않을 것이다. 하지만 이제는 어쩔 수 없이 손을 묶고 오랑캐를 맞이할 수밖에 없구나. 나라의 운세가 불행해 이런 것이니 이를 어찌하리오."

거듭 탄식을 하다가 엄숙한 얼굴로 시백을 돌아보며 말했다.

"대감은 이미 나라에 몸을 바쳤으니 불행한 일이 있을지라도 나라를 위하여 충성을 다하셔야 합니다. 비록 모조리 패하여 죽더라도 신하의 도리를 다하여 아름다운 이름을 후세에 전하게 하십시오. 만일 위급한 때를 당하여 김자점에게 병권을 맡긴다면 끔찍한 일을 보게 될 것입니다. 부디 어진 사람을 가려서 병권을 맡게 하시옵소서."

말을 마치자마자 박씨는 다시 대성통곡을 했다.

시백 역시 원통하고 슬픈 마음을 걷잡을 수 없었다. 몇 날을 하늘

만 바라보며 탄식을 하다가 '내 죽기로써 다시 아뢰리라.' 하고 다짐하고 대궐로 들어갔다. 이때는 바로 병자년 섣달 그믐이었다.

시백이 궁에 이르지도 못했을 때, 이미 대포 소리와 북소리, 고함 소리가 천지를 진동했다. 곧이어 오랑캐들이 동대문을 깨뜨리고 장안을 몰아쳤다. 오랑캐 군사의 깃발과 창검에 햇빛이 빛을 잃을 지경이었으며, 사람 죽이는 살벌한 소리가 성안에 가득했다. 뜻밖의 변을 만난 사람들이 어지럽게 흩어졌다.

오랑캐 장수가 군사를 휘몰아 외쳤다.

"사면을 들이쳐라!"

사납게 몰아치는 도적의 창칼에 백성들이 가을바람에 낙엽 지듯 쓰

• **병권**(兵權) 군을 지휘할 권리.

러져, 그 시체가 산을 이루고 흐르는 피가 시내를 이루었다. 살아남은 백성들도 하늘을 우러러 통곡하고 땅을 두드리며 고함치니, 살기를 바라는 소리가 장안 천지를 뒤흔들었다. 사태가 험악해지자 임금은 어떻게 할 줄을 몰라 급히 신하들을 모아 의논했다.

"이제 도적이 성안에 가득하여 백성을 무참히 살해하니 나라의 위태함이 조석에 달렸도다. 장차 어찌해야 한단 말인가?"

"일의 형세가 급하니, 남한산성으로 옮기시는 것이 좋을 듯하옵니다."

우의정 이시백의 말을 들은 임금은 즉시 옥교를 타고 남문으로 빠져나왔다. 곧장 남한산성으로 가는데 중간에 한 떼의 군사가 내달아 좌우로 치고 들어왔다. 임금이 크게 놀라 소리쳤다.

"누가 저 적을 물리치리오?"

"신이 물리치겠습니다."

시백이 말을 몰아 나오며 칼을 빼어 들고 죽기 살기로 싸웠다. 몇번의 접전 끝에 겨우 복병을 물리치고 길을 열어 임금 일행은 무사히 남한산성으로 들어갈 수 있었다.

• 옥교(玉轎) 임금이 타는 가마.

박씨 부인, 적장 용울대를 죽이다

오랑캐 장수 한유와 용골대가 군사를 거느리고 대궐로 들어갔을 때, 대궐은 이미 텅 비어 있었다. 용골대는 임금이 피신했음을 깨닫고, 아우 용울대에게 군사 백여 명을 주어 장안의 재물과 미녀를 거두어들이게 했다. 그러고는 임금 일행을 뒤쫓아 남한산성으로 군사를 휘몰아 갔다.

용울대는 장안에 군사를 주둔시키고 재물과 여자를 뒤져 찾았다. 사태가 이러하니 장안이 물 끓듯 하고 살기 위해 도망치다 죽는 사람이 그 수를 알 수 없을 정도였다.

박씨는 일가친척을 피화당에 모아 화를 피하게 했다. 하지만 울대가 장안을 뒤져 미인과 재물을 약탈한다는 말을 들은 여러 부인은 피화당에서 나와 도망을 치려 했다.

"장안 사면을 도적이 지키고 있습니다. 도망하고자 한들 어디로 갈 것이며, 도망간들 어찌 화를 면할 수 있겠습니까? 이곳에 있으면 화를 면할 방법이 있을 것이니 걱정하지 마십시오."

박씨가 겨우 달래 이들을 다시 피화당으로 들여보냈다.

울대는 군사들을 거느리고 장안을 두루 다니다가 어느 집 앞에 당도했다. 집 안팎은 적적하여 마치 빈집 같았다. 조심스레 주변을 살피며 후원으로 들어가니, 그곳에는 온갖 기이한 나무가 무성하게 자라 있었다. 잠시 집 주위를 둘러보고 있는데, 나뭇가지에서 문득 살기가 피어오르며 북소리와 피리 소리가 들리는 듯했다.

울대는 불길한 생각이 들어 나무들을 자세히 살펴보았다. 서로 엉킨 나무는 용과 범이 머리와 꼬리를 맞대고 있는 듯했고, 교묘하게 뻗은 가지는 온갖 뱀이 몸을 뒤틀며 바람과 구름을 일으키는 듯했다. 정신을 가다듬고 다시 바라보니, 나무 사이로 많은 여자들이 피난해 있는 것이 보였다.

여자들의 모습을 본 울대가 불같은 욕심을 이기지 못하고 피화당으로 달려드는데, 갑자기 하늘이 어두워지면서 검은 구름이 자욱해졌다. 곧이어 우레와 벼락이 진동하며 좌우에 있던 무수한 나무가 한꺼번에 갑옷 입은 군사로 변하여 울대 일행을 에워쌌다. 가지와 잎은 창과 칼이 되어 서릿발 같은 기운을 뿜었으며, 갑옷 입은 군사들의 함성 소리는 천지를 뒤흔들었다.

울대가 깜짝 놀라 급히 돌아 나오려 했지만, 벌써 피화당 사면이 변하여 칼날 같은 바위가 되어 있었다. 그 바위가 하늘에 닿을 듯 첩첩

이 앞을 막고 있으니 도무지 길을 찾을 수가 없었다. 울대가 혼이 빠져 어쩔 줄을 모르고 있을 때, 한 여자가 칼을 높이 들고 나와 울대를 향해 크게 꾸짖었다.

"어떤 도적놈이 당돌하게 들어와 죽기를 재촉하느냐?"

"뉘 댁이신지 모르고 감히 들어왔사옵니다. 부디 은혜를 입어 살아 돌아가기를 바랍니다."

당황한 울대가 엉겁결에 애원을 했다.

"나는 충렬부인의 시비 계화다. 너는 어떤 놈이기에 하찮은 힘만 믿고 죽을 곳으로 들어왔느냐? 우리 댁 부인께서 네 머리를 베어 오라 하시니 목을 늘여 내 칼을 받아라."

정신없이 허둥대던 울대가 이 말을 듣고는 크게 분노하여 칼을 빗겨 들고 계화를 치려 했다. 하지만 칼을 든 손에 맥이 빠져 내려칠 수가 없었다.

"슬프다. 장부가 한 나라의 대장이 되어 만리타국에 나왔다가, 공을 이루지도 못하고 조그만 여자의 손에 죽을 줄 어찌 알았겠는가?"

울대가 넋을 잃고 탄식만 하고 있으니 계화가 이를 비웃었다.

"오랑캐 장수 용울대야! 불쌍하고 가련하구나. 명색이 대장부가 남의 나라에 와서 나 같은 연약한 여자 하나 당하지 못하고 탄식만 하고 있느냐? 너 같은 것이 어찌 한 나라의 대장이 되었으며, 어찌 다른 나라를 치려고 나왔단 말이냐? 무도한 너의 임금이 하늘의 뜻을 모르고 외람되게 우리나라를 해치려 너같이 입에 젖비린내도 가시지 않은 것을 보냈구나. 가련한 네 신세를 생각하니 측은해서 용서하고 싶

다만, 이 역시 하늘의 뜻이다. 부득이 손을 쓸 수밖에 없구나. 하늘의 뜻을 따라 죽는 것이니 죽은 혼이라도 날 원망치 말아라."

칼을 휙 들어 울대를 치니 그 머리가 칼 빛을 따라 말 아래 떨어졌다. 계화가 울대의 머리를 칼에 꿰어 들고 피화당에 들어가 박씨에게 드렸다. 박씨가 그 머리를 받아 밖에 내치니, 그제야 바람과 구름이 멈추고 달빛이 조용해졌다. 계화는 울대의 머리를 집어다가 뒤뜰 높은 나무 끝에 매달아 두고 지나는 사람 모두가 볼 수 있도록 했다.

박씨 부인과 임 장군의 복수

이때 임금이 있는 남한산성에는 오랑캐들이 물밀듯 밀려와 공격을 퍼부었다. 창칼 부딪치는 소리가 산성을 뒤흔들었다. 임금과 모든 신하가 산성에 갇혀 꼼짝 못할 지경에 이르자 이조 판서 최명길이 임금에게 말했다.

"아뢰옵기 황송하오나, 항복을 하는 것이 좋을 듯하옵니다."

사태가 어려워졌음을 깨달은 임금은 피가 끓는 듯한 아픔으로 항복의 글을 써 오랑캐에게 전했다. 오랑캐들은 바로 산성으로 들어와 왕비와 세자, 그리고 대군을 사로잡아 장안으로 돌아갔다. 그 모습을 본 임금이 통곡을 하다가 기절하니, 여러 신하가 하늘을 우러러 탄식하며 위로했다.

"전하, 망극하옵니다. 옥체를 보존하시옵소서."

나라가 이렇게 된 것은 하늘의 운수 때문이겠지만, 만고 역적 김자점이 적을 도와 나라를 망하게 한 것이었다. 이러하니 모든 신하와 성안 백성이 김자점의 살을 씹어 먹으려 했다.

용골대는 항서를 받아 한양 성내로 들어갔다. 그때 장안을 지키던 군사가 급히 보고를 했다.

"용 장군이 여자의 손에 죽었습니다."

이 말을 들은 골대는 대성통곡을 했다.

"내 이미 조선 왕의 항복을 받았거늘, 누가 감히 내 아우를 해쳤단 말인가? 이 땅은 이제 내 손 안에 있으니 원수를 갚기는 어렵지 않을 것이다. 어서 그 집으로 가자."

서릿발같이 군사를 재촉하여 우의정의 집에 이르니, 후원 나무 위에 울대의 머리가 걸려 있었다. 이를 본 골대는 더욱 분노하여 칼을 들고 말을 몰아 집 안으로 들어가려 했다. 그때 도원수 한유가 피화당에 심어 놓은 무수한 나무를 보고 깜짝 놀라 황급히 골대의 앞을 가로막았다.

"장군, 잠시 분을 누르고 내 말을 들으시오. 초당의 사면에 심어진 나무를 보니 범상치 않은 기운이 느껴지는구려. 옛날 제갈공명의 팔문금사진과 사마양저의 오행금사진을 겸했으니, 함부로 들어갔다가는 큰 화를 당할 것 같소. 장군의 동생은 위험한 곳을 모르고 남을 경멸

- **팔문금사진**(八門金蛇陣) 제갈공명이 여덟 개의 문을 이용해 만들었다는 진.
- **오행금사진**(五行金蛇陣) 중국 춘추 시대 제나라의 장군 사마양저가 만물을 생성하고 변화시키는 다섯 가지 원소인 오행(五行)을 이용해 만들었다는 진.

하다가 목숨을 재촉한 것인데 누구를 원망하겠소? 장군도 옛날 육손이 어복포에서 제갈공명의 팔진도에 갇혀 고생하던 일을 모르지 않을 것이오. 험한 곳이니 들어가지 마시오."

골대는 끓어오르는 분을 참지 못해 칼로 땅을 두드리며 탄식했다.

"그러면 울대의 원수를 어떻게 갚을 수 있단 말입니까? 만리타국에 우리 형제 같이 나와서 비록 대사를 이루었다 하지만, 동생을 죽인 원수를 갚지 못하면 결코 돌아갈 수 없습니다."

"그대가 잠시의 분을 참지 못한 채 힘만 믿고 저런 험한 곳에 들어간다면, 원수를 갚기는 고사하고 목숨조차 보전하지 못할 것이오. 잠깐 진정하고 그 신기한 재주를 살펴보도록 하시오."

골대가 다시 투덜거렸다.

"도대체 신기한 재주라는 것이 무엇입니까? 다 소용없습니다. 한 나라의 대장으로 멀리 조선에 나와 이제 임금의 항복까지 받았는데, 무엇을 두려워하고 무엇을 겁내겠습니까?"

한유가 가소롭다는 듯이 골대를 돌아보았다.

"비록 억만 대병을 몰아 들어간다 해도 그 안은 감히 엿보지 못하고 군사는 하나도 살아 돌아올 수 없을 것이오. 하물며 저 험한 곳에 홀로 들어가고자 하니 그렇게 하고 어찌 살기를 바라겠소? 이는 스스로 화를 부르는 일이오. 그토록 식견이 부족한데 어찌 한 나라의 대장 노릇을 하겠소이까?"

머쓱해진 골대가 감히 피화당에 들어가지 못하고 군사들만 다그쳤다.

"나무를 둘러싸고 불을 놓아라."

골대의 명령에 군사들은 불을 놓기 위해 집을 에워쌌다. 그러자 갑자기 오색구름이 자욱한 가운데 나무들이 무수한 군사로 변하더니 북소리, 고함 소리가 천지를 진동시켰다. 수많은 용과 호랑이는 서로 머리를 맞대고 바람과 구름을 크게 일으키며 오랑캐 군사들을 겹겹이 에워쌌다. 천지가 아득한 가운데 나뭇가지와 잎은 깃발과 창칼로 변했다. 하늘에서는 신장들이 긴 창과 큰 칼을 들고 내려와 적군을 몰아쳤다. 사면에 울음소리가 낭자하여 산천이 무너지는 듯했다. 오랑캐 군사들은 신장의 호령 소리에 넋을 잃고 허둥거리다 밟혀 죽는 자가 그 수를 알 수 없을 정도였다.

당황한 골대는 급히 군사를 뒤로 물렸다. 그제야 하늘이 맑아지며 살벌한 소리가 그치고 신장들이 사라졌다. 오랑캐 장수와 군사들이 정신을 수습하여 다시 칼을 들고 쳐들어가려 했다. 그러자 이번에는 맑은 날이 순식간에 다시 어두워지며 구름과 안개가 자욱하여 지척을 분간하지 못할 지경이 되었다. 상황이 이쯤 되자 골대 역시 감히 집 안으로 들어가지는 못하고 울대의 머리만 쳐다보며 탄식할 뿐이었다. 이때 나무 사이로 한 여자가 나타났다.

"어리석은 용골대야! 네 동생 울대가 내 칼에 놀란 혼이 되었는데, 너까지 내 칼에 죽고 싶어 이렇게 찾아왔느냐?"

* **육손이 어복포에서 제갈공명의 팔진도에 갇혀 고생하던 일** 중국 삼국 시대 오나라 장수 육손은 제갈공명의 팔진도에 갇혀 죽을 위기에 처했다가 제갈공명의 장인인 황승언의 도움으로 겨우 살아 나왔다.
* **신장**(神將) 귀신 가운데 무력을 맡은 장수신. 사방의 잡귀나 악신을 몰아낸다.

골대는 이 말을 듣고 분을 참을 수 없었다.

"대체 어떤 계집이 감히 장부를 희롱하느냐? 불행하게도 내 동생이 네 손에 죽었지만, 나는 이미 조선 임금의 항서를 받은 몸이다. 이제 너희들도 우리나라 백성인데, 어찌 우리를 해치려 하느냐? 나라가 무엇인지도 모르는 여자로구나. 살려 두어도 쓸데가 없으니 나와서 내 칼을 받아라."

계화가 들은 척도 하지 않고 계속해서 울대의 머리만 가리키면서 조롱을 했다.

"나는 충렬부인의 시비 계화다. 너야말로 참으로 가련한 사내로구나. 네 동생 울대도 내 손에 죽었는데, 너 역시 나같이 연약한 여자 하나 당하지 못해 그렇듯 분통해 하느냐? 참으로 가련한 놈이로다."

골대는 끓어오르는 화를 참지 못하고, 쇠로 만든 활에 왜전을 먹여 쏘았다. 하지만 계화를 맞히기는커녕 예닐곱 걸음 앞에 가 떨어져 버렸다. 화가 머리끝까지 치밀어 오른 골대가

다시 군사를 몰아쳤다.

"모든 군사는 한꺼번에 화살을 쏘아라."

명령을 들은 군사들이 앞다투어 화살을 쏘았지만 역시 하나도 맞히지 못했다. 화살만 허비한 채 가슴이 막혀 어찌할 바를 모르고 있던 골대는 황급히 김자점을 불렀다.

"너희들도 이제 우리나라의 백성이다. 얼른 도성의 군사들을 뽑아서 저 팔문금사진을 깨뜨리고 박씨와 계화를 잡아들여라. 만일 거역한다면 군법에 따라 처벌할 것이다."

서릿발 같은 명령을 내리자 김자점이 겁먹은 소리로 대답했다.

• 왜전(矮箭) 짧은 화살.

"어찌 장군의 명령을 거역하겠습니까?"

김자점은 급히 군사를 모아 대포 한 방을 쏜 뒤 팔문금사진을 에워쌌다. 그런데 갑자기 그 진이 변하여 백여 길이나 되는 늪이 되었다. 갑작스런 일에 당황하던 골대가 꾀를 내어, 군사들에게 팔문진 사면에 못을 파게 한 뒤 화약과 염초를 묻게 했다.

"너희가 아무리 천 가지로 변화하는 술수를 가졌다고 한들 오늘에야 어찌 살기를 바랄까? 목숨이 아깝거든 바로 나와 몸을 던져라."

피화당을 향해 무수히 욕을 했지만 고요한 정적만 흐를 뿐 집 안에서는 아무 소리도 들리지 않았다. 용골대가 군사들에게 명령하여 일시에 불을 지르니, 화약 터지는 소리가 산천을 무너뜨릴 것 같았다. 사면에서 불이 일어나 불빛이 하늘을 가득 메웠다.

이때, 박씨 부인이 옥으로 된 발을 걷고 나와 손에 옥화선을 쥐고 불을 향해 부쳤다. 그러자 갑자기 큰 바람이 불면서 불기운이 오히려 오랑캐 진영을 덮쳤다. 오랑캐 장졸들이 불꽃 한가운데에서 천지를 분별하지 못한 채 넋을 잃고 허둥거리다가 무수히 짓밟혀 죽었다. 순식간에 피화당 근처는 아수라장이 되었다.

골대는 크게 놀라 급히 물러났다.

"한 번의 싸움에 이겨서 항복을 받았으니 이미 큰 공을 세웠거늘, 부질없이 조그마한 계집을 시험하다가 장졸들만 다 죽이게 되었구나. 이런 절통하고 분한 일이 어디 있단 말인가?"

통곡을 하며 몸부림쳤지만 더 이상 어찌할 도리가 없었다.

"우리 임금이 장졸을 전장에 보내시고 칠 년 가뭄에 비 기다리듯 기다리실 텐데, 무슨 면목으로 임금을 뵙는단 말인가? 우리 재주로는 도저히 감당을 못할 듯하니 이제라도 그냥 돌아가는 것이 좋겠구나."

모든 장수와 군사가 골대의 말에 살길을 찾은 듯 안도의 한숨을 내쉬었다.

용골대가 모든 장졸을 뒤로 물린 후, 왕비와 세자, 대군을 모시고 장안의 재물과 미녀를 거두어 돌아갈 채비를 꾸렸다. 오랑캐에게 잡혀가는 사람들의 슬픈 울음 소리가 장안을 진동시켰다.

박씨가 계화를 시켜 용골대에게 소리쳤다.

"무지한 오랑캐 놈들아! 내 말을 들어라. 조선의 운수가 사나워 은혜도 모르는 너희에게 패배를 당했지만, 왕비는 데려가지 못할 것이다. 만일 그런 뜻을 둔다면 내 너희들을 몰살시킬 것이니 당장 왕비를 모셔 오너라."

하지만 골대는 오히려 코웃음을 날렸다.

"참으로 가소롭구나. 우리는 이미 조선 왕의 항서를 받았다. 데려가고 안 데려가고는 우리 뜻에 달린 일이니, 그런 말은 입 밖에 내지도 마라."

오히려 욕설만 무수히 퍼붓고 듣지 않자 계화가 다시 소리쳤다.

"너희의 뜻이 진실로 그러하다면 이제 내 재주를 한 번 더 보여 주겠다."

• **옥화선** 옥을 깎아 만든 불부채.

계화가 주문을 외자 문득 공중에서 두 줄기 무지개가 일어나며 모진 비가 천지를 뒤덮을 듯 쏟아졌다. 뒤이어 얼음이 얼고 그 위로는 흰 눈이 날리니, 오랑캐 군사들의 말발굽이 땅에 붙어 한 걸음도 옮기지 못하게 되었다. 그제야 골대는 사태가 예사롭지 않음을 깨달았다.

"당초 우리 왕비께서 분부하시기를 장안에 신인이 있을 것이니 이시백의 후원을 범치 말라 하셨는데, 과연 그것이 틀린 말이 아니었구나. 지금이라도 부인에게 빌어 무사히 돌아가는 편이 낫겠다."

골대가 갑옷을 벗고 창칼을 버린 뒤 무릎을 꿇고 애걸했다.

"소장이 천하를 두루 다니다 조선까지 나왔지만, 지금까지 무릎을 꿇은 적은 한 번도 없었습니다. 이제 부인 앞에 무릎을 꿇어 비나이다. 부인의 명대로 왕비는 모셔 가지 않을 것이니, 부디 길을 열어 무사히 돌아가게 해 주십시오."

무수히 애원하자 그제야 박씨가 발을 걷고 나왔다.

"원래는 너희들의 씨도 남기지 않고 모두 죽이려 했었다. 하지만 내 사람 목숨 죽이는 것을 좋아하지 않기에 용서하는 것이니, 네 말대로 왕비는 모셔 가지 말아라. 너희들이 부득이 세자와 대군을 모셔 간다면 그 또한 하늘의 뜻이기에 거역하지 못하겠구나. 부디 조심하여 모셔 가라. 그렇게 하지 않으면 신장과 갑옷 입은 군사를 몰아 너희들을 다 죽인 뒤, 너희 국왕을 사로잡아 분함을 풀고 무죄한 백성까지 남기

지 않을 것이다. 나는 앉아 있어도 모든 일을 알 수 있다. 부디 내 말을 명심하여라."

오랑캐 병사들은 황급히 머리를 조아리고 골대는 다시 애원을 했다.

"말씀드리기 황송하오나 소장 아우의 머리를 내주시면, 부인의 태산 같은 은혜를 잊지 않을 것이옵니다."

하지만 박씨는 고개를 저었다.

"듣거라. 옛날 조양자는 옻칠한 지백의 머리로 술잔을 만들어 진양성에서 패한 원수를 갚았다 하더구나. 우리도 울대의 머리로 술잔을 만들어 남한산성에서 패한 분을 조금이라도 풀 것이다. 아무리 애걸을 해도 그렇게는 하지 못하겠다."

이 말을 들은 골대는 그저 울대의 머리를 보고 통곡할 수밖에 없었다. 어쩔 도리 없이 하직하고 행군하려 하는데 박씨가 다시 골대를 불렀다.

"너희들이 그냥 가기는 섭섭할 듯하니 의주로 가서 경업 장군을 뵙고 가라."

'우리는 이미 조선 임금의 항서를 받았다. 경업이 아무리 훌륭한 장수라 한들 이제 와서 어찌하겠는가?'

골대는 박씨의 속내를 모르고, 이런 생각을 하면서 하직 인사를 했다. 이어 빼앗은 금과 은을 장졸들에게 나누어 준 뒤 세자와 대군, 그리고 포로들을 데리고 길을 떠났다. 잡혀 가는 부인들은 하늘을 우러러 통곡하며 울부짖었다.

"박씨 부인은 무슨 재주로 화를 면하고 고국에 안전하게 있으며, 우리는 무슨 죄로 만리타국에 잡혀가는가? 이제 가면 삶과 죽음을 기약할 수 없을 것인데, 어느 때 고국산천을 다시 볼 수 있으리오?"

박씨는 땅바닥을 치며 통곡하는 부인들을 달랬다.

"여러 부인은 슬픔을 진정하고 내 말을 들으십시오. 세상사는 곧 고진감래요 흥진비래라 합니다. 너무 서러워하지 마시고 평안히 가 계시면, 삼 년 후에 우리 세자와 대군, 그리고 그대들을 데려올 사람들이 있을 것입니다. 아무쪼록 너무 슬퍼하지 말고 몸성히 지내다가 삼 년 뒤 무사히 돌아오도록 하십시오."

이 말을 들은 모든 부인이 울며불며 오랑캐 뒤를 따라갔다. 부인들의 슬프고 애틋한 모습은 차마 눈 뜨고 못 볼 지경이었다.

용골대는 포로와 군사를 거느리고 의기양양하게 의주를 향해 나아갔다. 북소리와 함성 소리에 천지가 흔들리고 드날리는 깃발과 창칼에 해가 그 빛을 잃을 지경이었다.

한편 임경업은 그동안 한양과 의주 사이에 연락이 끊겼다가, 오랑캐들이 침범했다는 소식을 뒤늦게 들었다. 끓어오르는 분노를 참지 못한 경업은 한양으로 가기 위해 군사를 이끌고 의주를 출발하려 했다. 바로 그때, 박씨의 말을 곧이듣고 의주로 들어오고 있는 골대 일행과 맞닥뜨렸다.

* **조양자(趙襄子)는 옻칠한 지백의 머리로 술잔을 만들어 진양성에서 패한 원수를 갚았다** 중국 춘추전국시대 진나라의 벼슬아치 지백이 조나라 왕인 조양자를 치려다가, 조(趙), 한(韓), 위(魏)의 연합군에게 멸망했다. 이때 조양자는 지백을 깊이 원망하여 그의 두개골로 술잔을 만들었다고 한다.
* **고진감래(苦盡甘來)요 흥진비래(興盡悲來)라** '괴로움이 다하면 즐거움이 오고 즐거움이 다하면 슬픔이 온다.' 라는 말로 세상일은 늘 돌고 돈다는 뜻이다.

이들이 오랑캐임을 한눈에 알아본 경업이 비호와 같이 달려들어 선봉 장수의 머리를 한칼에 베어 들고 거침없이 적군을 무찔렀다. 방심하고 있던 적군이 허둥거리며 흩어지니, 적군의 머리가 가을바람에 낙엽 지듯 떨어졌다. 한유와 용골대는 그제야 박씨의 계책에 빠져든 것을 알고 급히 군사를 뒤로 물렸다.

"부인이 의주로 가 임경업을 보라 한 것은 우리를 다시 치고자 함이었구나. 그 꾀를 어찌 당할 수 있겠는가?"

골대가 하늘을 우러러 탄식을 했다.

경업이 한칼에 적진의 장졸들을 무수히 죽이고 바로 골대를 치려 하는데, 골대가 황급히 조선 왕의 항서를 경업에게 건넸다.

항서를 뜯어 읽어 본 경업은 칼을 땅에 던지고 대성통곡을 했다.

"슬프다. 조정에 소인이 있어 나라를 망하게 했구나. 하늘은 어찌 이리도 무심한가?"

통곡을 하다가 분함을 이기지 못하여 다시 칼을 들고 적진으로 달려 들어갔다.

"네 나라가 지금까지 지탱한 것이 모두 나의 힘인 줄 어찌 모르느냐? 이 오랑캐들아! 너희가 하늘의 뜻을 어기고 우리나라에 들어와 이같이 악행을 저지르니, 마땅히 씨도 남기지 말고 없애 버려야 할 것이다. 하지만 우리나라의 운수가 불행하여 그렇게 된 일이고, 또 왕의 명령을 거역할 수 없으니 부득이 살려 보낼 수밖에 없구나. 부디 세자와 대군을 평안히 모시고 돌아가도록 하라."

한바탕 꾸짖은 후 돌려보내니, 그제야 오랑캐 장수들은 막힌 길을 뚫고 본국으로 돌아갔다.

조선의 판타지

상상은 또 다른 마술!

판타지는 꿈의 세계입니다. 환상적이고 초현실적인 이야기를 통해 이루고 싶은 꿈을 성취하는 이야기가 판타지 소설이지요. 고전 소설과 판타지, 언뜻 보기엔 어울리지 않지만, 그 원류가 맞닿아 있음을 알 수 있습니다. 초인적이고 신묘한 도술로 부조리한 사회를 고발하는 《홍길동전》이나 《전우치전》은 민중들에게 신선한 청량제로 다가왔으며, 꿈과 희망을 주었지요. 《박씨전》도 판타지 요소를 많이 갖추고 있습니다.

상상으로 빚어 가는 환상의 세계

판타지 하면 마법을 부리며 신비하게 종횡무진 활약하는 비범한 능력을 지닌 주인공들과 현실에서는 도무지 있을 수 없는 스펙터클한 이야기들이 떠오릅니다. 상상에 의해 만들어진 판타지의 비현실적인 요소들은 우리가 일상적으로 경험할 수 없는 신비롭고 경이로운 체험을 제공해 주면서 관심과 흥미를 끄는 마력을 지니고 있습니다. 아울러 단순한 재미를 넘어 상상의 나래를 펼치게 하고, 현실에서는 불가능한 꿈을 마음껏 꿀 수 있게 하는 촉매제가 되지요.

> "스투페파이!" 스무 명의 마법사들이 한꺼번에 큰 소리로 외쳤다. 갑자기 섬광이 번쩍하더니 거센 바람이 불면서 머리카락이 마구 휘날렸다. 해리는 살짝 고개를 들었다. 마법사들의 요술 지팡이에서 나온 빨간 불꽃이 해리 쪽으로 날아오다가 서로 엇갈려서 나무에 부딪치고는 다시 어둠 속으로 날아가는 게 보였다. _《해리 포터와 불의 잔》

꿈꾸는 자만이 세상을 가질 수 있다!

우리의 주인공 박씨 역시 환상적인 일들을 많이 해냅니다. 피화당의 나무들이 군사로, 나뭇가지와 잎은 깃발과 창칼로 변하고 난데없는 신장들이 하늘에서 내려오는 기이한 장면, 하룻밤 사이에 조복을 지어 내고 허물을 벗고 절세가인으로 변신하며, 불로 치마를 씻어 내는 박씨의 신비한 능력은 상상력의 극치를 달립니다. 어디 이뿐인가요. 박씨는 초자연적인 능력으로 위기에 처한 나라를 구합니다. 실제 현실에서는 패배한 전쟁이었지만 박씨가 보여 주는 통쾌한 승리를 통해 사람들은 깊은 고통과 패배 의식을 적군에게 되돌려 주며 심리적 만족감을 얻을 수 있었지요. 이처럼 조선 시대 사람들은 《박씨전》과 같은 고전 소설을 통해 현실적 답답함을 이겨 내고 희망과 꿈을 가질 수 있었답니다.

> 갑자기 오색구름이 자욱한 가운데 나무들이 무수한 군사로 변하더니 북소리, 고함 소리가 천지를 진동했다. 수많은 용과 호랑이는 서로 머리를 맞대고 바람과 구름을 크게 일으키며 오랑캐 군사들을 겹겹이 에워쌌다. 천지가 아득한 가운데 나뭇가지와 잎은 깃발과 창칼로 변했다. 하늘에서는 신장들이 긴 창과 큰 칼을 들고 내려와 적군을 몰아쳤다. _《박씨전》

박씨, 정렬부인이 되어 태평성대를 누리다

조정으로 돌아온 임금은 박씨의 말을 듣지 않은 것을 크게 후회하며 뉘우쳤다. 모든 신하도 함께 탄식했다.

"충렬부인의 말대로 했다면 어찌 이런 변이 있었겠습니까?"

임금이 다시 탄식하며 말했다.

"충렬이 만일 대장부로 태어났더라면 어찌 오랑캐를 두려워했겠는가? 하물며 규중 여자의 몸으로 무수한 적들을 꺾어 조선의 목숨을 보전케 했으니, 이는 고금에 없는 일이로다."

임금이 박씨의 공을 거듭 칭찬하며 충렬부인에 더하여 다시 정렬부인(貞烈夫人)의 칭호를 내렸다. 아울러 일품의 벼슬아치에게 내리는 봉록에다 만금을 더해 상으로 내리고, 조서를 보내 박씨의 공을 기렸다. 정렬부인이 임금 있는 곳을 향하여 절을 하고 그 조서를 떼어 보았다.

짐이 밝지 못하여 정렬의 선견지명과 나라 구할 계책을 쓰지 못했다. 그러한 탓으로 국가가 망극한 일을 당했으니, 정렬에게 이렇게 조서를 내리는 것이 오히려 부끄럽도다. 정렬의 덕행과 충효는 이미 알고 있는 바라. 더구나 규중에 있으면서 나라의 위엄을 빛내고 왕비의 위태함을 구했으니, 새삼 정렬의 충성에 대해 논할 바가 없을 것이다. 오직 나라와 함께 영광과 즐거움을 누리기 바라노라.

이때부터 박씨는 충성을 다하여 나랏일을 극진히 하고 하인들을 의롭게 다스렸으며 친척과도 화목하게 지냈다. 그 덕행은 온 나라에 울려 퍼지고 그 이름은 후세에 길이 전하게 되었다. 이후로 박씨의 집안은 더욱 활짝 피어나 뜰에 자손이 가득했으며, 자손들 모두 벼슬길에 나아가 재상이 되어 그 이름을 널리 떨쳤다. 박씨의 집안에 부귀영화가 가득하니, 모든 신하와 백성이 이들 부부를 떠받들었다.

세월은 흘러 박씨와 시백의 나이도 팔십을 넘어서니, 부부가 함께 우연히 병을 얻어 온갖 약이 소용이 없게 되었다. 박씨 부부가 자손을 불러 뒷일을 당부하며 말했다.

"지금까지 우리 부부의 복은 가히 끝이 없었다. 이제 우리는 본래의 자리로 돌아갈 것이니, 부디 우리가 죽더라도 너무 슬퍼하지 말라."

* **봉록(俸祿)** 벼슬아치에게 내리는 금품.
* **조서(詔書)** 임금의 명령을 일반에게 알릴 목적으로 적은 문서.

이 말을 마지막으로 박씨 부부가 잇달아 숨졌다. 집안 사람들은 예를 극진히 차려 선산에 안장했다. 이 소식을 들은 임금이 크게 슬퍼하시며 베와 금은을 내려 장사를 치르는 데 보탬이 되게 했다.

이후 계화도 박씨 부부의 삼년상을 극진히 받들고 우연히 병들어 죽었다. 나라에서 사연을 듣고 장하게 여겨 계화에게 충렬비(忠烈婢)의 칭호를 내렸다.

대개 사람이 세상에 태어날 때 남녀를 막론하고 재주와 덕을 함께 갖추기는 어렵다. 하지만 박씨는 여자의 몸으로 재주와 덕을 모두 갖추었다. 더구나 신기하고 오묘한 책략은 한나라 때 제갈공명을 본받았으니, 이는 오래도록 드문 일이었다. 박씨의 충절과 덕행, 재주와 책략은 드물고 귀한 일이었기에, 세상에서 사라지는 것이 아까워 대강 기록하는 것이다.

壽

깊이 읽기

시대가 만들어 낸 여성 영웅 이야기

함께 읽기

박씨 부인처럼 변신한다면?

깊이 읽기

시대가 만들어 낸 여성 영웅 이야기

또 하나의 《박씨전》 읽기

현재 전하고 있는 우리의 고전 소설 중 많은 작품은 그 이야기를 만든 사람이 누구인지 밝혀져 있지 않습니다. 그래서 만들어진 시기 역시 알 수 없는 작품들이 많지요. 《박씨전》 역시 작자가 밝혀져 있지 않고 만든 시기도 정확하게 알려져 있지 않습니다. 다만 소설의 내용과 여러 가지 이본(異本)을 살펴본 사람들은 이 작품이 대략 17세기 후반에 만들어진 것이 아닐까 하고 추정할 따름입니다. 소설이 병자호란이라는 역사적 사건을 다루고 있고, 또 작품의 의도가 전쟁의 상처를 극복해 내려는 데 초점이 맞춰져 있기 때문이지요.

이렇듯 병자호란의 패배를 이겨 내기 위해 쓰인 《박씨전》은 당대의 독자들에게 꽤나 인기를 끌었던 작품입니다. 《박씨전》이 인기 소설이었다는 것은 《춘향전》과 《구운몽》 다음으로 이본의 편 수가 많은 것만 봐도 알 수 있지요. 이본은 대개 기존의 이야기를 자기 식으로 바꿀 때 생겨나거든요. 결국 이본이 많다는 것은 많은 사람이 그 이야기에 흥미를 느끼고 거기에 자기의 생각을 반영할 정도로 적극적인 독서를 했다는 것을 말해 줍니다.

우리가 함께 읽어 본 《박씨전》은 여러 이본 가운데 동국대학교 한국학 연구소에서 편찬한 《활자본 고대소설 전집》에 실린 〈박씨전〉을 바탕으로 한 것입니다. 여기에 손낙범 씨가 소장한 《명월부인전》과 고대본 《박씨전》의 내용을 조금씩 덧붙였습니다. 이 세 가지 이본은 사건 전개 과정이 비슷합니다. 다만 활자본 《박씨전》이 사건을 풍부하게 담아 내고 있고 묘사 또한 섬세하기 때문에 그것을 기본으로 하고, 다른 판본에서 조금씩 내용을 빌려 와 새롭게 꾸몄습니다.

이렇게 해서 새로이 만들어진 또 하나의 《박씨전》을 읽고서, 여러분은 어떤 생각을 했나요. 300년 전 이 땅을 지키고 살아가던 우리의 선조들은, 바로 이 이야기를 읽으며 위안을 얻고 힘겨운 현실을 이겨 내려 했답니다.

시대가 만들어 낸 영웅 박씨

《박씨전》은 병자호란이라는 역사적 사건을 배경으로 한 작품입니다. 물론 소설 속에서는 사건의 전개 과정이 실제와 다르게 묘사되어 있지만, 임금이 항복을 하고 세자와 대군, 그리고 수많은 백성이 인질로 잡혀간 것은 역사적 사실과 일치합니다.

임진왜란의 상처가 채 가시기도 전에 다시 겪게 된 전쟁의 아픔은 양반이나 일반 백성 모두에게 큰 고통이었습니다. 양반의 처지에서 보면 평소 오랑캐라고 무시했던 청나라에 임금이 무릎을 꿇고 항복한 일이 엄청난 치욕이었을 것이며, 일반 백성들에게는 전쟁을 치르는 과정 자체가 힘겨웠을 테지요.

이렇듯 고통스러운 전쟁을 겪고 나면 많은 사람이 그 힘겨움을 잊기 위해 여러 노력을 기울이는데, 그러한 노력의 일환으로 '이야기'를 만들어 내기도 한답니다. 비록 현실에서는 패배를 당하고 씻을 수 없는 상처를 입었지만 이야기 속에서나마 통쾌하게 복수를 함으로써 현실의 고통을 이겨 나가고자 하는 것이지요. 《박씨전》은 바로 이러한 사람들의 희망을 담은 소설입니다.

소설의 전편에 걸쳐 박씨가 발휘하는 능력은 예사롭지 않습니다. 못생긴 얼굴 때문에 가족의 천대를 받는 처지에서도 천지의 운행 원리를 꿰뚫고 앞일을 훤히 예측하여 이런저런 신비한 일을 보여 주는 주인공 박씨. 변신을 통해 허물을 벗은 박씨는 가정이라는 울타리를 벗어나 나라 전체를 무대로 하여 자신의 능력을 펼쳐 나갑니다. 여러 부인을 만나서 재주를 선보이고, 조선에 있는 신인을 죽이기 위해 몰래 들어온 자객 기홍대를 크게 혼내서 돌려보내지요.

이후 병자호란이 발생했을 때, 박씨의 능력은 드디어 진가를 발휘합니다. 조선을 침략하여 굴욕적인 항복을 받아 낸 적군을 박씨는 그냥 돌려보내지 않습니다. 피화당을 침범한 용울대를 죽이고 용골대 역시 자신의 발 아래 무릎 꿇게 하지요. 그리고 인질로 잡혀가는 왕비를 구출해 냅니다. 이렇듯 소설 《박씨전》은 패배한 전쟁 병자호란을 그려 내면서, 부분적으로는 박씨의 활약에 의한 승리를 이끌어 내고 있습니다.

병자호란 이후 많은 사람이 전쟁에서 패한 고통과 패배 의식을 적에게 되돌려 주고 싶어 했습니다. 그러한 꿈을 실현하기 위해 필요한 것은 강력한 힘을 가진 초월적 존재였고, 그렇게 해서 만들어진 인물이 바로 박씨라는 여성이었습니다. 바로 이 박씨를 통해 청나라에 대한 현실적 패배를 허구 공간인 소설에서나마 뒤엎어 보고자 한 것이지요. 《박씨전》의 주인공인 박씨는 시대의 아픔을 치유하기 위해 시대가 만들어 낸 인물입니다. 소설의 독자들은 탁월한 능력을 가진 영웅적 인물 박씨를 통해 통쾌함과 즐거움을 맛보고자 했으며 더 나아가 전쟁의 패배로 인한 아픈 상처를 보듬고자 했습니다.

박씨라는 여성 영웅

우리가 박씨라는 주인공을 보며 한 가지 더 주목해야 할 사실은, 이 소설이 특이하게도 여성을 영웅으로 내세우고 있다는 점입니다. 당시의 사회 분위기를 생각한다면 이러한 설정은 상당히 파격적인 것이지요. 여러분도 알고 있듯 조선 시대에는 모든 사회 활동이 남성 중심으로 이루어졌으니까요. 그렇기 때문에 대부분의 소설 속에서도 영웅적인 능력을 발휘하는 주인공들은 어김없이 남성이었으며, 많은 경우 여성은 그러한 남성에 의해 구원을 받는 존재로 그려지곤 합니다.

하지만 이 소설의 주인공인 박씨는 남성에게 기대지 않은 채 오롯이 자신의 힘으로 뜻한 바를 이루어 갑니다. 한 편의 소설을 통해 전쟁 패배에 대한 정신적 보상을 얻고자 했다면 굳이 여성을 주인공으로 만들 필요는 없었을 텐데, 왜 그렇게 했을까요? 여기에는 이야기를 만들고 즐긴 사람들의 또 다른 꿈이 들어 있습니다. 바로 남성 중심의 완고한 사회 구조에 대한 비판과 문제 제기입니다.

이름 없는 처사의 딸인 박씨는 서울의 높은 벼슬아치의 집으로 시집을 가게 됩니다. 즉, 사대부가의 며느리가 되는 것이지요. 당시 박씨와 같은 사대부가의 부녀자에게 요구되는 것은 나라의 안위를 살피고 또 위기에 처한 나라를 구하는 그런 능력은 아니었습니다. 그저 어진 덕을 베풀어 집안을 화평하게 하고 하인들을 잘 다스리는 것이 조선 시대 양반가의 여인에게 요구되는 능력이었습니다. 여자의 활동은 철저하게 가정적인 일로 한정되어 있었던 것이지요. 하지만 박씨는 이러한 한계를 뛰어넘습니다. 가족뿐 아니라 조선이라는 사회 전체를 향해 자신의 능력을 발휘하고 나라를 구해 내는 박씨의 모습은, 기존의 고전 소설 속에서 그려지던 여주인공의 모습과는 커다란 차이가 있습니다.

《박씨전》의 이러한 설정은 당시 여성들의 소망을 적절히 반영하고 있는 장치라 하겠습니다. 집 안에만 갇혀 모든 사회 활동을 남자에게 맡겨 두어야 했던 여성들의 갑갑함, 여성이라는 이유로 소외되고 억압받아야 했던 여성들의 울분이 남성보다 뛰어난 여성 영웅을 만들어 낸 것이지요. 여성이라고 해서 남성들처럼 영웅으로 활약하지 못할 이유가 없다는 심리가 이 소설에는 거침없이 드러나 있습니다.

당시의 여성들은, 박씨와 같은 인물을 통해 청나라에 대한 조선의 굴종을 넘어섰던 것처럼 여성으로서 당해야 하는 억압을 넘어서고자 했던 것입니다. 이런 이유로 당시의 많은 여성에게 《박씨전》은 선풍적인 인기를 끌었습니다. 그런데 한편으로 양반가에서는 이 책이 금서로 취급되기도 했다고 합니다. 남자들을 발 아래 두고 활약하는 박씨의 모습이, 남존여비 사상에 찌든 당시의 양반들에게는 적잖이 불편하게 다가왔을 테지요.

당당한 여성의 목소리

우리의 고전 소설은 물론이거니와 많은 옛이야기 속에서 외모의 아름다움은 곧 그 사람의 됨됨이로 이어지는 경우를 많이 볼 수 있습니다. 잘생긴 사람은 착한 사람, 못생긴 사람은 악한 사람이라는 등식은 특히 주인공이 여자이면 어김없이 적용되곤 하지요. 예쁜 콩쥐와 못생긴 팥쥐, 아름다운 장화홍련과 못생긴 계모의 대립……. 따라서 이러한 옛이야기의 관습에 익숙한 사람들은 《박씨전》을 읽으면서 조금 당혹스러웠을지도 모르겠습니다. 세상에 처음으로 그 모습을 드러낸 박씨의 얼굴은 도저히 인간의 것으로 볼 수 없을 만큼 추하게 그려져 있으니까요.

박씨가 예사 인물이 아닐 것이라 믿고 적극적으로 옹호하는 시아버지조차 고개를 돌릴 정도로 못생긴 박씨의 모습! 박씨는 바로 이 못생긴 얼굴 때문에 시집살이를 시작한 후 삼 년 동안이나 남편과 시집 식구들에게 엄청난 구박을 받습니다. 하룻밤 사이에 조복을 지어 내고 비루먹은 말을 사서 삼만 금이나 되는 돈을 버는 등 놀라운 재주를 보이지만, 시어머니를 비롯한 집안사람들의 태도는 끝까지 달라지지 않습니다. 박씨 덕으로 장원 급제를 했음에도 시백의 태도 역시 냉랭하기만 하지요.

이 때문에 가정에는 늘 갈등이 존재했습니다. 시아버지가 부인과 아들 시백의 태도를 아무리 꾸짖어도, 시어머니는 여전히 며느리를 구박하고 시백 역시 자기 아내를 거들떠보지도 않았으니까요. 이러한 갈등을 한꺼번에 녹여 버리고 또 그렇게 완강하던 시백의 태도를 180도 바꾸어 놓은 것은 바로 박씨의 변신이었습니다. 그리고 박씨의 활약이 가정에서 국가 전체로 확장될 수 있었던 것도 박씨가 변신을 통해 자신의 아름다움을 회복했기 때문입니다. 따라서 박씨의 변신은 그 자체로서 아주 흥미 있는 사건인 동시에 소설을 풀어 가는 중요한 사건입니다.

허물을 벗은 박씨는 맨 먼저 지금까지 자신을 박대했던 남편을 따끔하게 나무라는데, 이를 통해 독자들은 남성들의 뒤틀린 여성관에 대한 단호한 비판의 목소리를 듣게 됩니다.

박씨가 본래의 아름다움을 회복하고 난 뒤, 시백과 박씨의 관계가 어떻게 달라지는지를 살펴보세요. 여러분도 그 목소리를 들을 수 있을 것입니다.

시백이 방문을 열고 들어가려 했지만, 걸음이 자꾸만 뒤로 걸려 안으로 들어갈 수가 없었다. 미칠 듯한 정을 건잡지 못해 문밖으로 배회하다가 '못 들어갈 것도 없겠지.' 하고 마음을 다잡고는 방으로 들어가려 했다. 하지만 자연 얼굴이 붉어지며 말이 꼬질꼬질, 가슴이 답답하여 숨도 제대로 쉬지 못할 지경이었다. 겨우 한 발만 방에 들여놓고 한참을 생각하다 살짝 들어앉았다. 그 모습을 본 박씨는 웃음이 나오려 했지만, 짐짓 외면한 채 몸을 움직이지 않았다. 시백은 죽기를 무릅쓰고 방 안에 앉아 있었지만 입이 무거워 말을 할 수 없었다. 그저 박씨 얼굴만 뚫어질 듯 바라보는데, 박씨는 얼굴빛을 엄숙하게 하고 단정히 앉아 털끝만큼도 움직이지 않았다. 한참을 그렇게 있으니 가슴 두근거리는 것은 차츰 가라앉았지만, 부끄러운 마음은 더 간절해졌다. 아무리 생각해도 손 잡고 동침하기는 하늘에 오르기보다 더 어려울 듯했다.

여러 차례에 걸쳐 아내의 재주를 확인했으면서도 아내가 못생겼다는 이유로 가까이 하지 않던 시백은, 아내가 미인이 되자 태도를 완전히 바꿉니다. 이전의 오만함은 사라진 채 오히려 처량하게 느껴질 정도로 비굴한 모습을 보이는 시백. 그런 시백의 모습이 안쓰러우면서도 한편으로는 참 얄밉지요. 이에 비해 박씨는 위엄 있고 당당한 목소리로 남편을 꾸짖습니다.

"조선은 예의의 나라라 했는데 사람이 오륜을 모르면서 어찌 예의를 알겠습니까? 그대는 아내의 얼굴이 못났다 하여 삼사 년을 거들떠보지도 않았습니다. 그러고도 감히 부부유별을 이야기할 수 있겠습니까? 옛사람이 이르기를 '조강지처는 불하당'이라 했습니다. 그대가 이렇게 하고서 어찌 덕이 있다 하겠으며, 아내의 심정을 모르고서 어찌 출세하여 이름을 날리겠습니까? 나라를 위해 일한다는 것이 도리어 부질없습니다. 사람 보는 눈이 저러한데 어찌 효와 충을 알 것이며 백성 다스리는 도리를 알겠습니까? 앞으로도 효도와 충성을 다하지 못할 듯하니, 저 같은 아녀자의 마음으로도 낭군 같은 남자들은 조금도 부럽지 않습니다."

오로지 못생긴 외모 때문에 부인을 구박했던 남편의 용렬함에 대한 질책은, 다름 아닌 여성을 바라보던 그릇된 시각에 대한 질책이며, 그러한 현실 속에서 괴로워하던 많은 여성의 목소리입니다. "낭군 같은 남자들은 조금도 부럽지 않습니다."라는 말 속에는 여성보다 훨씬 못하면서도 남성이라는 이유로 군림하는 졸장부들에 대한 질책이 담겨 있습니다. 온전한 인격체로 대접을 받지 못한 많은 여성의 입장을 대변하는 동시에, 여성의 능력을 외모로만 판단하던 당시의 사회 풍토에 일침을 놓는 박씨의 말에, 당시의 여성들은 유쾌함과 상쾌함을 넘어 통쾌함을 느끼지 않았을까요?

새로운 가치와 오래된 가치의 공존

지금까지 살펴보았듯 소설의 주인공 박씨는 영웅적인 활약상을 통해 많은 이에게 대리 만족을 안겨 주는 동시에, 사회를 향하여 건강한 문제 제기를 하고 있습니다. 그러나 이러한 긍정적 측면들에도 불구하고 이야기를 다 읽고 난 다음 무언가 개운하지 못한 구석이 있음을 느끼지는 않으셨는지요. 이를테면 박씨가 문제를 해결해 가는 방식들을 지켜보며 우리는 그런 생각을 하게 되는 것 같습니다.

앞서 이야기한 것처럼 박씨가 자신의 능력을 온전하게 발휘할 수 있었던 것은 그가 허물을 벗고 아름다운 여인으로 변신을 했기 때문입니다. 박씨는 자신의 능력으로 사람들을 설득해 낸 것이 아니라, 아름다운 여인으로 바뀌고 나서야 비로소 능력을 인정받게 되는 것이지요. 여성의 외모를 능력과 동일시하는 이러한 설정은 아마도 많은 사람이 지니고 있던 가치관의 소산일 터입니다. 《박씨전》은 분명 여성을 주체적 인간으로 대접해 주지 않는 가치관과 외모만으로 모든 것을 평가하는 사람들의 태도를 비판하고 있습니다. 그런데 또 한편으로는 이렇듯 절세가인이 된 박씨를 인정하고 칭송함으로써 그 가치를 더욱 공고히 하고 있는 것이지요.

박씨라는 여성 영웅의 존재도 마찬가지입니다. 박씨가 여성의 입장에서 집안을 일으키고 또 나라에 큰 공을 세우고 있지만 이 작품에서는 그것이 박씨 개인의 능력에

국한되어 나타나 있습니다. 타고난 능력을 바탕으로 큰 활약을 펼치기는 하지만 그것은 전체 여성의 힘은 아닙니다. 박씨가 그저 남성 영웅을 흉내 내고 있을 뿐인 듯 여겨지기도 하지요.

어찌 보면《박씨전》은 이와 같이 시종일관 어떤 가치를 비판하는 듯하면서도, 한편으로는 그 가치를 재확인하는 이중적인 태도를 지니고 있는 것은 아닐까 싶습니다. 나라를 위해 활약하는 박씨이건만 그에게서 당대를 살아가던 민중에 대한 시선은 찾아보기 어렵습니다. 대부분의 활약상은 유교적인 충(忠)의 관념에 따른 것으로, 전쟁으로 고통받는 백성들을 지켜 내는 것보다는 위정자들의 안위에 더 큰 관심을 두고 있지요.

용골대에게 복수를 하고 끌려가는 왕비를 구해 낸 박씨는, 전쟁 포로로 잡혀가는 수많은 여성의 울부짖음에 진지하게 답하지 않습니다. 심지어 왕비를 데려가지 않는 조건으로 용골대 일행을 그냥 돌려보내기도 하지요. 수많은 백성의 목숨보다, 적장에 대한 복수보다 중요한 것이 왕비의 안위였던 것입니다.

또한 박씨는 병자호란으로 인해 나라 전체가 엄청난 피해를 입었음에도 불구하고 이 모든 것이 그저 하늘의 뜻이라고 이야기합니다. 당시의 국제 정세에 어두웠던 정치가들 때문에 백성들이 엄청난 고통을 당했음에도 그들의 잘못을 이야기하지 않고 모든 것을 하늘의 뜻으로 돌려 버리지요. 결국 이를 통해 소설은 백성들을 고통으로 몰아넣은 위정자들에게 면죄부를 주고 있습니다.

이처럼《박씨전》속에는 새로운 가치와 오래된 가치가 뒤얽혀 나타나고 있습니다. 이러한 현상은 물론《박씨전》이 지닌 한계라고 지적할 수도 있겠지만, 한편으로는 그만큼 문학 작품이 당대의 현실과 밀접한 관련을 맺고 있음을 보여 주는 것이라 하겠습니다. 이 이야기가 만들어진 조선 후기는 임진왜란과 병자호란을 거치면서 민중들의 의식이 깨어나고 여성들의 사회적 역할에 대한 인식이 바뀌어 가는 시기였습니다. 그러면서도 여전히 보수적인 시선들이 사회 전반을 아우르고 있던 시기이기도 했지요. 그래서 겉으로는 박씨의 활약을 매우 고무적으로 그려 내고 있으면서도 속으로는 봉건적인 사고에 사로잡힌 이중적인 모습을 보이고 있는 것입니다.

이렇듯 《박씨전》이 보여 주고 있는 문제 해결의 방식은 당대의 상황이 반영된 것으로, 일정 부분 제한적인 면을 가지고 있습니다. 그러나 그러한 한계에도 불구하고 《박씨전》은 분명 많은 사람에게 꿈과 희망을 안겨 주었고, 당시의 독자들은 이 이야기를 열렬히 환영했습니다.

고단한 현실 속에서도 독자들은 《박씨전》을 읽으며 현실을 벗어나 꿈의 세계로 나아갈 수 있었습니다. 그들은 한 편의 소설을 통해 자신들이 실제 생활에서 겪어야 하는 억압과 굴종에서 잠시나마 해방될 수 있었던 것입니다. 《박씨전》과 같은 소설을 읽으며 꿈을 꾸는 것, 바로 이것이야말로 당대 사람들이 필요로 했던 이야기의 역할이었으며, 오랜 시간이 지난 오늘에 이르기까지 우리가 소설을 읽고 즐기는 이유일 것입니다.

함께 읽기

박씨 부인처럼 변신한다면?

- 박씨가 절세가인으로 변신한 뒤 주위 사람들의 반응은 어떻게 달라졌나요? 그런 반응들은 무엇을 의미하는지 이야기해 봅시다.

- 서양 동화인 《미녀와 야수》와 《박씨전》을 비교해 보고, 공통점과 차이점을 이야기해 봅시다.

- 《박씨전》에 나오는 박씨의 변신은 당시를 살던 많은 사람의 소망이 반영된 것이랍니다. 여러분도 혹시 이와 같은 변신을 꿈꾸고 있지는 않나요? 지금 이 순간 내가 꿈꾸는 변신 혹은 소망에 대해 이야기해 봅시다.

- 박씨가 집안과 나라를 위해 한 행동들을 각각 나누어 말해 봅시다.

- 《박씨전》이 쓰인 조선 시대는 남존여비 사상이 뿌리 깊게 삶을 지배하던 시대였습니다. 이런 상황에서 박씨의 활약상은 어떤 의미를 지니는지 이야기해 봅시다.

- 멋진 삶을 살았다고 단정하기엔 박씨의 삶이 그리 순탄치만은 않았습니다. 금강산에서 나온 후 추한 외모 때문에 힘든 시집살이를 하는 박씨의 마음은 어떠했을까요? 시어머니와 남편의 냉대로 힘겨웠던 어느 하루의 일기를 박씨의 심정이 되어 적어 봅시다.

- 박씨는 놀라운 능력을 지닌 인물이었지만 자신의 능력으로 전쟁의 승패를 바꾸어 놓지는 않습니다. 왜 그렇게 했을까요? 작가의 입장에서 생각해 봅시다.

- 뛰어난 능력을 가지고 있으면서도 다른 사람들의 내조자 역할에만 머무르고 있는 여성들을 드라마나 영화 혹은 소설 속에서 찾아봅시다. 또 그 여성들이 그리할 수밖에 없었던 이유에 대해서도 이야기해 봅시다.

- 이 작품으로 역사 드라마를 한 편 만들어 보려 합니다. 먼저 각 등장인물의 성격에 맞게 배우를 섭외해야겠지요. 누가 어떤 역을 맡으면 좋을지, 현재 활동하고 있는 배우들 중에 적합한 인물을 골라 봅시다. 주연 배우와 조연 배우를 설정하고 왜 그 배우를 섭외하려고 했는지를 이야기해 봅시다.

● 요즘은 드라마 주제곡이 인기를 얻는 시대입니다. 드라마 내용을 압축적으로 보여 주고 또 등장인물들의 심리를 잘 전달할 수 있기 때문이지요. 우리도 《박씨전》이라는 역사 드라마에 삽입될 곡을 만들어 볼까요? 좋아하는 노래의 가락에 맞춰 가사만 살짝 바꿔 보는, 일명 '노래 가사 바꿔 부르기'로 멋진 주제곡을 만들어 봅시다.

참고 문헌

김용란, 《우리 풍속 이야기》, 대교출판, 2002.

노대환 · 신병주, 《고전소설 속 역사여행》, 돌베개, 2005.

박무영 · 조혜란 · 김경미, 《조선의 여성들, 부자유한 시대에 너무나 비범했던》, 돌베개, 2004.

이배용, 《우리나라 여성들은 어떻게 살았을까 1》, 청년사, 1999.

이연복 · 이경복, 《한국인의 미용풍속》, 월간에세이, 2000.

전국역사교사모임, 《살아있는 한국사 교과서 1》, 휴머니스트, 2002.

정성희, 《조선의 성풍속》, 가람기획, 1998.

한국민족문화대백과사전편찬부, 《민족문화대백과사전 1》, 한국정신문화연구원, 1997.

도움 주신 분들

고화정(월계고등학교)

안용순(배명중학교)

왕지윤(경인여자고등학교)

이현숙(중화중학교)

조현종(태릉고등학교)

국어시간에 고전읽기 4

박씨전, 낭군 같은 남자들은 조금도 부럽지 않습니다

1판 1쇄 발행일 2004년 8월 31일
개정판 1쇄 발행일 2013년 4월 29일
개정판 19쇄 발행일 2024년 9월 2일

기획 전국국어교사모임
지은이 장재화
그린이 임양

발행인 김학원
발행처 (주)휴머니스트출판그룹
출판등록 제313-2007-000007호(2007년 1월 5일)
주소 (03991) 서울시 마포구 동교로23길 76(연남동)
전화 02-335-4422 **팩스** 02-334-3427
저자·독자 서비스 humanist@humanistbooks.com
홈페이지 www.humanistbooks.com
유튜브 youtube.com/user/humanistma **포스트** post.naver.com/hmcv
페이스북 facebook.com/hmcv2001 **인스타그램** @humanist_insta

편집책임 문성환 **편집** 윤무재 **디자인** 김태형 유주현 림어소시에이션
스캔·출력 이희수 com. **용지** 화인페이퍼 **인쇄** 청아디앤피 **제본** 민성사

ISBN 978-89-5862-590-2 44810